AF289351

Michelle Racine

OBSESSED

novum ◢ pro

Dieses Buch ist auch als
e-book
erhältlich.

www.novumverlag.com

Bibliografische Information
der Deutschen Nationalbibliothek:

Die Deutsche Nationalbibliothek
verzeichnet diese Publikation in
der Deutschen Nationalbibliografie.
Detaillierte bibliografische Daten
sind im Internet über
http://www.d-nb.de abrufbar.

Gedruckt in der Europäischen Union
auf umweltfreundlichem, chlor- und
säurefrei gebleichtem Papier.

© 2022 novum Verlag

ISBN 978-3-99107-896-8
Lektorat: Susanne Schilp
Umschlagfotos: Funniefarm5,
Nazar Nazaruk, Jessicahyde,
Cyrnam | Dreamstime.com
Umschlaggestaltung, Layout & Satz:
novum Verlag

www.novumverlag.com

Climate neutral
Print product
ClimatePartner.com/16547-2201-1002

1.

Wenn du denkst, dass es nicht mehr schlimmer werden kann, kommt das Schicksal um die Ecke und zeigt dir, wie falsch du damit liegst.

Mein Name ist Vic. Eigentlich Victoria, aber so nennt mich niemand. Ich möchte euch eine Geschichte erzählen. Obwohl das Geschehene schon sehr lange zurückliegt, erinnere ich mich noch an alles, als wäre es gestern gewesen. Ich schätze, manche Sachen kann man einfach nicht vergessen, auch wenn man es noch so sehr versucht. Sie sind einem wie ins Hirn gebrannt. Sie hinterlassen Narben auf der Seele, welche die Zeit nicht heilen kann.

Dies ist eine Geschichte über Liebe und Freundschaft, Besessenheit und Hass. Aber jetzt denkt bloß nicht, dass hier ist so eine hollywoodreife Happy-End-Nummer, bei der am Ende alle lachen, singen und tanzen. Die Realität sieht meistens sehr viel düsterer aus. Woher ich das weiß? Nun, es ist meine Geschichte. Und im Gegensatz zu euch kenne ich das Ende bereits. Wo soll ich nur mit dem Erzählen anfangen? Nun, am besten ist es wohl, wenn ich am Anfang beginne.

Es war einmal …

2.

Endlich Samstag! Dafür dass wir Anfang März haben, ist es wunderschön draußen. Wolkenloser Himmel und strahlender Sonnenschein. Die Bäume und Büsche bekommen langsam erste Knospen. Die Tage werden nun wieder milder, die Nächte hingegen sind noch immer frostig. Mein heutiger Tag hat ziemlich aktiv begonnen. Ich verlasse gerade den Raum, in dem ich mich die letze halbe Stunde mit Bauch-Beine-Po-Übungen gequält habe. Jetzt noch zehn Minuten auf das Laufband, dann habe ich mein heutiges Trainingsprogramm vollendet. Seit drei Monaten gehe ich regelmäßig mit Mike in das örtliche Fitnesscenter namens 24/7-Gym. Dieses Studio gehört zu einer größeren Kette, die im ganzen Land zu finden ist. Dass wir samstags, nachdem wir gemütlich zusammen gefrühstückt haben, gemeinsam zum Sport gehen, ist mittlerweile zu einem festen Ritual geworden. Auch wenn wir es heute erst am Mittag ins Studio geschafft haben. Mike ist mein Freund. Mein erster richtiger Freund. Es mag kitschig klingen, aber er ist meine erste große Liebe. Wir sind heute auf den Tag genau elf Monate zusammen. Kennengelernt haben wir uns vergangenes Jahr auf einer Party.

Es war diese Art von Party, bei der sich der Gastgeber ordentlich ins Zeug legt, um Leuten zu imponieren, die er teilweise nicht kennt und von denen er den Rest nicht wirklich leiden kann. Barkeeper, Catering, DJ, Lichtshow und professionelle Tänzer inklusive. Eigentlich hatte ich an diesem Abend keine Lust auszugehen, aber ich hatte es meiner besten Freundin Sarah versprochen. Ich kann mich zwar nicht mehr dran erinnern, wer der Gastgeber war, aber ich weiß noch, dass Sarah mich regelrecht angebettelt hatte, mit zu gehen. Der Kerl auf den sie damals abgefahren war – ich glaube, Steve war sein Name –, sollte auch dort sein. Und ich erinnere mich daran, dass Mike mir sein Bier über meine weiße Bluse geschüttet hat. Er hatte sich mit jemandem unterhalten und dabei so hektisch mit den Armen gerudert, dass er mir kurzerhand eine ausgiebige Bierdusche verpasste. Rückblickend betrachtet, war es wohl keine so tolle Idee, auf eine Party eine weiße Bluse anzuziehen. Denn kaum hatte das Bier meine Bluse berührt, war sie auch schon komplett durchsichtig. Dass ich ausgerechnet heute einen roten BH drunter trug, verbesserte die Situation nicht gerade. Im Gegenteil. Er zog die Blicke der umstehenden Partymeute natürlich nahezu magisch an. So viel Aufmerksamkeit wird mir normalerweise nicht entgegengebracht. Beschämt und um den abschätzigen und lüsternen Blicken zu entkommen, rannte ich ins Badezimmer. Mir war das Ganze so peinlich, dass ich dagegen ankämpfen musste, in Tränen auszubrechen. Während ich also versuchte, mich zusammenzureißen und irgendwie diese doofe Bluse trocken zu bekommen – gibt es hier denn nirgends einen beschissenen Föhn? –, hörte ich ein zögerliches Klopfen an der Tür. „Hey, hier ist der Typ, der dir das Bier übergeschüttet hat. Darf ich reinkommen?", fragte eine schüchterne Stimme. „Was will der denn jetzt von mir?", fragte ich mich. Ohne etwas zu sagen, öffnete ich ruckartig die Tür, was ihn zu erschrecken schien. Ich wollte ihn gerade fragen, was er von mir wollte, als ich sah, dass er mir seinen Pullover, den er über seinem T-Shirt getragen hatte, entgegenstreckte. „Das mit deiner Bluse tut mir leid. Wenn du möchtest, kannst du gerne meinen Pullover anziehen", sagte er und sah dabei so zerknirscht aus, dass ich schlagartig nicht mehr wütend war. Im Gegenteil, ich musste sogar ein wenig über ihn schmunzeln. „Ja, danke. Ich glaube, die Bluse ist nicht mehr zu retten", sagte ich, nahm den Pullover und schloss die Badezimmertür. Jetzt, als meine Wut etwas verraucht war, fiel mir erst auf, wie gut er eigentlich aussah. Er war ziemlich groß, ich schätzte 1,85 cm. Er hatte welliges schwarzes Haar, war weder braun gebrannt noch zu blass. Seine Augenfarbe konnte ich in dem diffusen Licht nicht erkennen, aber die Form seiner Augen passte perfekt zum Rest seines Gesichts. Seine Nase war leicht krumm, wahrscheinlich wurde sie in der Vergangenheit mal gebrochen. Hohe Wangenknochen, volle Lippen. Und diese Stimme – dunkel und rauchig. Komplett in Gedanken versunken, fing ich an, meine Bluse aufzuknöpfen. Als ich sie ausgezogen hatte, sah ich sie mir nochmal an und beschloss, sie wegzuwerfen, der Fleck würde morgen sowieso nicht mehr rausgehen. Also Mülleimer auf, Bluse rein und Eimer wieder zu. Ich nahm den Pullover vom Handtuchhalter neben dem Waschbecken, wo ich ihn zwischenzeitlich abgelegt hatte, und war erstaunt, wie weich er war. Was das wohl für ein Stoff war? Ich zog ihn an und war verwundert darüber, wie gut er saß. Er schmiegte sich regelrecht an meinen Körper. Das intensive Azurblau schmeichelte meinem Teint und brachte meine Augen sehr schön zur Geltung. Das

Parfüm von dem Typ klebte noch daran und es roch einfach himmlisch. Ich hatte zwar wenig Lust, zur Party zurückzugehen, aber ich konnte mich auch schlecht die ganze Nacht hier einsperren. Also überwand ich mich dazu, das Badezimmer zu verlassen. Vor der Tür stand noch immer der zerknirschte Bierschütter. Als er mich bemerkte, drehte ich mich einmal kunstvoll im Kreis und fragte ihn, ob ich so wieder partytauglich sei. Für ein paar Sekunden starrte er mich regelrecht an, was meinem Ego ziemlich gut tat. „Du siehst toll aus. Um ehrlich zu sein, steht dir der Pullover besser als mir", brachte er hervor, bevor er den Blick von mir nahm. Schweigend gingen wir zusammen zurück zur Party, direkt auf die Bar zu. Ich brauchte jetzt definitiv einen Drink. An der Bar bestellte ich mir einen Wodka Cranberry und er sich ein neues Bier, diesmal in der Flasche. „Wäre nett, wenn dein Bier jetzt auch in der Flasche bleiben würde", sagte ich und zwinkerte ihm zu. Er lächelte, wir prosteten uns zu und tranken jeder einen Schluck. Ich konnte fühlen, wie der Alkohol meine Kehle hinunterfloss und ich augenblicklich wieder etwas lockerer wurde. Er entschuldigte sich nochmal bei mir, woraufhin ich erwiderte, dass er sich keine Sorgen machen solle. Ihm müsse nur klar sein, dass ich den Pullover nun behalten würde. In Anbetracht der Tatsache, dass er mir besser stehe als ihm und er mir ein neues Oberteil schulde, sei das in Ordnung, antwortete er mir. Und so verging der Abend. Wir unterhielten uns über alles Mögliche, gönnten uns weitere Drinks, lachten viel und schließlich brachte er mich nach Hause. Bevor ich in der Haustür verschwand, fragte er mich noch nach meiner Nummer, die ich ihm nur zu gerne geben wollte. Ich war noch nicht in meiner Wohnung im vierten Stock angekommen, als er mir auch schon eine Nachricht geschickt hatte. „Gute Nacht Pullover-Mädchen. Jetzt bin ich fast froh, dass ich dir mein Bier übergeschüttet habe. Ich hoffe, wir sehen uns wieder. LG Mike." Mike – erst jetzt fiel mir auf, dass ich ihn die ganze Nacht nicht nach seinem Namen gefragt hatte. Und er kannte meinen Namen auch nicht. Das musste ich ändern. Ich antwortete ihm sofort. „Pullover-Mädchen hier. Ist zwar schade um die Bluse, aber ich bin auch froh, dass das passiert ist. Der Pullover ist ein guter Ersatz;) Ich bin mir sicher, dass wir uns wiedersehen werden. LG Victoria, alias das Pullover-Mädchen." In meiner Wohnung zog ich als Erstes meine Schuhe aus. Ich liebe Pumps, aber nach ein paar Stunden sind sie einfach verdammt unbequem. Ich fühlte regelrecht, wie meine Füße sich freuten, als ich die Absätze gegen meine bequemen, plüschigen Hausschuhe tauschte. Taumelnd, wahrscheinlich hatte ich doch den ein oder anderen Drink zu viel, schleppte ich mich ins Badezimmer, wo ich mich abschminkte und mir die Zähne putzte. Im Schlafzimmer tauschte ich Jeans gegen Pyjamahose. Eigentlich hätte ich den Pullover auch ausziehen sollen. Aber er war noch immer so schön weich und roch nach Mike. Ich beschloss, ihn anzubehalten und legte mich ins Bett. Fuck! Plötzlich fiel mir ein, dass ich mich gar nicht von Sarah verabschiedet hatte. Ich schrieb ihr schnell eine Nachricht. „Hey Süße. Sorry, ich bin schon zu Hause, habe auf der Party jemanden kennen gelernt. Ich erzähle dir morgen mehr. Hab dich lieb." Um ehrlich zu sein, hatte ich Sarah auf der Party ziemlich schnell aus den Augen verloren. Aber das war nichts Neues. Sarah war im Flirtmodus, da blendete sie alles andere aus. Wegen des Alkohols dauerte es nicht lange, bis ich tief und fest eingeschlafen war. Am nächsten Morgen wurde ich durch das Klingeln meines Handys geweckt. Viel zu früh! Ich warf einen Blick auf den Wecker, es war gerade mal halb neun. Mein Kopf dröhnte, es fühlte sich an, als würden tausende kleine Menschen auf noch kleineren Schreibmaschinen in meinem Kopf rumhämmern. Wehe, der Anruf war nicht wichtig. Ich schaute auf das Display und war schlagartig wach. *MIKE RUFT AN* war in dicken Lettern darauf zu lesen. Für einen kurzen Moment überlegte ich, ob ich es einfach klingeln lassen sollte. Andererseits, jetzt wo ich schon mal wach war, konnte ich auch rangehen. „Guten Morgen, Pullover-Mädchen", sagte er sofort, nachdem ich den Anruf angenommen hatte. Er hörte sich fit und gut gelaunt an. Offenbar hatte ihm der Alkohol gestern nicht so zugesetzt. „Wieso zur Hölle bist du schon wach?", fragte ich ihn und bemerkte, dass meine Stimme den typischen Durchgemachte-Nacht-Klang angenommen hatte. Am Morgen nach einer durchfeierten Nacht ist meine Stimme immer sehr viel dunkler als gewöhnlich und extrem kratzig. Das schien ihm auch aufgefallen zu sein. Ich konnte ihn kichern hören bevor er wieder zu sprechen begann: „Da hört sich aber jemand verkatert an. Ich rufe an, weil ich dich fragen wollte, ob du mit mir frühstücken gehen willst." Und ob ich das wollte. Nur war ich mir aktuell noch nicht sicher, ob mein Magen etwas bei sich behalten würde. „Ein deftiges Frühstück ist bei einem starken Kater das beste überhaupt", sagte er, als ich nicht antwortete. Als könnte er meine Gedanken lesen. Auch wenn ich mir nicht sicher war, ob diese Aussage wirklich zutraf. „Vielleicht hast du recht. Und ein Kaffee bewirkt bestimmt Wunder. Wann? Wo?", fragte ich ihn. Er erkundigte sich ob ich das DUTCHMENS PANCAKE HOUSE kenne. Na klar kannte ich das. Dort gab es die weltbesten Pfannkuchen. Früher war ich mit meiner Familie jedes Wochenende dorthin gegangen Wir verabredeten uns also für 10 Uhr. Das gab mir genug Zeit, um unter der Dusche einigermaßen wach zu werden. Anschließend föhnte ich mir die Haare, putzte mir die Zähne und versuchte alles Mögliche, um weniger wie ein Zombie auszusehen. Ich brauchte unbedingt eine Kopfschmerztablette. Im Badezimmerschrank fand ich einen letzten Blister. Ich drückte mir eine Tablette heraus, füllte einen Becher mit Wasser und schluckte die Tablette Anschließend schlüpfte ich in die Jeans, die seit heute Nacht auf meinem Fußboden lag, und zog mir ein Sweatshirt über. Ein weites, weißes mit der Aufschrift HARD ROCK CAFÉ Sarah hatte mir dieses Sweatshirt vor ein paar Jahren aus Paris mitgebracht. Als ich mit meinem Aussehen einigermaßen zufrieden war, schnappte ich mir Handy, Geldbeutel und Schlüssel, schmiss alles in meine Handtasche und verließ die Wohnung. Das DUTCHMENS PANCAKE HOUSE befand sich in einem größeren Gebäudekomplex in der Innenstadt und war nicht weit von meiner Wohnung entfernt, also machte ich mich zu Fuß auf den Weg. Obwohl ich ein paar Minuten früher da war, wartete er bereits auf mich. Er sah mich auf sich zukommen und schenkte mir ein strahlendes Lächeln. Auf einmal war mein Kater wie weggeblasen und ich war einfach nur glücklich. Zur Begrüßung umarmten wir uns. „Du siehst nicht so fertig aus, wie ich vermutet hatte", schmeichelte er mir. Ich machte einen Knicks und bedankte mich für das Kompliment. Als wir hineingingen, hielt er mir die Tür auf. Die Geräusche eines gut besuchten Cafés drangen hinaus auf die Straße – klapperndes Geschirr und die Stimmen von sich unterhaltenden Gästen. Die Wände im Innern waren lindgrün gestrichen, dunkles Parkett. Die Möbel waren in verschiedenen dunklen Holztönen gehalten. Wir hatten Glück und fanden noch einen kleinen Tisch etwas abseits des Trubels. Obwohl das DUTCHMENS PANCAKE HOUSE gut besucht war, dauerte es nicht lange, bis uns eine gut gelaunte Kellnerin die Speisekarten brachte. „Kann ich euch schon was zu trinken bringen?", fragte sie uns. Ihre Stimme war sehr hoch, wirkte fast wie die eines kleinen Mädchens. Das Namensschild an ihrem Shirt verriet uns ihren Namen – Eva. Sie war groß, etwas zu dünn und trug einen schwarzen Pixie Cut. Die komplett in Schwarz gehaltene Uniform ließ sie noch blasser wirken, als sie ohnehin schon war. Ich bestellte mir einen großen schwarzen Kaffee und Mike nahm einen grünen Tee. Ich wusste bereits, auch ohne in die Karte zu sehen, was ich essen wollte. Seit ich ein kleines Mädchen war, hatte ich meine Bestellung hier nie geändert. Mike studierte die Speisekarte einen kurzen Moment und wusste es dann auch. Als Eva mit unseren Getränken zurückkam, bestellten wir gleich unser Essen. DUTCHMENS PANCAKES mit Schokocreme, Speck und Ahornsirup für mich und DUTCHMENS PANCAKES mit Ei und Speck für Mike. „Speck mit Schokocreme? Das kann man doch nicht essen." Er sah mich skeptisch an. Ich lachte und sagte ihm, dass er es erst probiert haben müsste, um urteilen zu können. Während wir auf unser Essen warteten, unterhielten wir uns über verschiedene Dinge. Zum Beispiel über unsere Jobs – er war Kurierfahrer bei einem größeren Lieferdienst, ich arbeitete im Kundendienst eines Modegeschäfts. Er erzählte mir, dass er früher mal einen Hund gehabt hatte – Spike –, den er leider abgeben musste, weil er eine Allergie entwickelt hatte. Ich hätte stundenlang hier sitzen und ihm beim Reden zuhören können. Nach einer Weile kam Eva wieder an unseren Tisch und servierte unser Frühstück. Sofort stieg mir der Duft von Speck und Pfannkuchen in die Nase. „Und wie isst du das jetzt?", fragte mich Mike. Anstatt zu antworten, zeigte ich es ihm. Ich schnitt ein Stückchen Pfannkuchen ab, schmierte etwas Schokocreme darauf, dann zerkleinerte ich den Speck und legte diesen auf die Schokocreme. Zu guter Letzt träufelte ich Ahornsirup obendrauf und schob mir den Bissen in den Mund. Das schmeckte so himmlisch. Mike sah noch immer etwas skeptisch aus. Ich bot ihm an, dass er es ja mal versuchen könne und schob ihm das Gläschen mit Schokocreme entgegen. Er tat es mir gleich und zögerte kurz, bevor auch er sich die Gabel in den Mund schob. Er kaute, schluckte und verzog das Gesicht. Ich musste kichern, er sah dabei so süß aus. Weitgehend schweigend – mit vollem Mund spricht man schließlich nicht – verzehrten wir unsere Pfannkuchen und unterhielten uns danach weiter. Es war erstaunlich einfach, sich mit ihm zu unterhalten. Wir merkten gar nicht, wie die Zeit verging. Auf einmal stand Eva an unserem Tisch und bat uns darum, abkassieren zu dürfen, da ihre Schicht gleich zu Ende sei. Ein kurzer Blick auf die Uhr ließ mich wissen, dass es schon nach 13 Uhr war. Ich kramte gerade in meiner Handtasche nach meinem Geldbeutel, als Mike mir signalisierte, dass er die Rechnung übernehmen wollte. Ich bedankte mich mit einem herzlichen Lächeln. Wenig später verließen wir das Café und gingen noch eine Weile im angrenzenden Stadtpark spazieren. Er erzählte mir von seiner Kindheit, die er mit seiner Familie im Ausland verbracht hatte. Er, seine Eltern und seine Zwillingsschwester. Auf seine Frage, ob ich Einzelkind sei oder mit Geschwistern aufgewachsen war antwortete ich ihm, dass ich mit Geschwistern aufgewachsen war – einer jüngeren Schwester namens Michelle und einem älteren Bruder namens Sven. Unsere Eltern – Mina und Jürgen – komplettieren unsere Familie. Wir wollten uns gerade auf eine Bank setzen, als sein Handy klingelte. Er warf einen kurzen Blick auf das Display und drückte den Anruf weg. Doch kaum war der Anrufer aus der Leitung geschmissen worden, klingelte es erneut. „Ist schon ok. Du kannst ruhig drangehen. Es scheint wichtig zu sein", sagte ich und lächelte ihm zu, um meine Worte zu untermauern. „Dauert auch nur einen kleinen Moment", sagte er und ging ein Stück zur Seite. Solange er telefonierte, schaute ich mich im Park um. Eltern mit Kindern, Spaziergänger mit Hunden. Das gute Wetter schien die Leute regelrecht aus dem Haus zu treiben. Auf einmal stand er wieder neben mir und sah irgendwie geknickt aus: „Hey, sei mir bitte nicht böse. Das war mein Chef. Ein Kollege ist ausgefallen und ich muss seine Schicht übernehmen. Ich muss leider sofort los", sagte er und seufzte dabei. „Das macht doch nichts. Wir können das Treffen gerne wann anders fortsetzen." Ich beschloss, noch etwas im Park zu bleiben. Daher verabschiedeten wir uns mit einer Umarmung und Mike gab mir einen zärtlichen Kuss auf die Wange. Ich sah ihm hinterher, wie er den Park eiligen Schrittes verließ. Ich konnte es noch gar nicht fassen. Ich hatte bisher kein Glück mit Männern gehabt. Meistens verschwand ich einfach in der Menge und hatte das Gefühl, von niemandem wahrgenommen zu werden. Und dann kam dieser gut aussehende Kerl, leerte sein Bier über mir und schien genauso an mir interessiert zu sein wie ich an ihm. Glücklich lächelnd saß ich auf der Parkbank und gab mich meinen Tagträumen von einer möglichen Zukunft mit Mike hin. Die Zeit verging und im Handumdrehen brach die Dämmerung an, sogar die Straßenlaternen waren zwischenzeitlich eingeschaltet worden. Noch immer ganz in meine Träumereien versunken, machte ich mich auf den Weg nach Hause und konnte es kaum erwarten, ihn wiederzusehen.

3.

„Meine Güte, Vic! Wo zur Hölle warst du?", schrie mir Sarah ihre Frage entgegen, kaum dass ich in meine Straße eingebogen war. Sie kam auf mich zugerannt und erdrückte mich fast, so fest umarmte sie mich. Perplex erwiderte ich ihre Umarmung. „Ich war unterwegs. Frühstücken, dann im Park", stammelte ich mit hörbarer Verwirrung in der Stimme. Sarah ließ mich los und sah mich entgeistert an: „Ich habe mir echt Sorgen gemacht. Wir haben uns auf der Party nicht mehr gesehen. Und das Letzte, was ich von dir wusste, war, dass du nach Hause bist und jemanden kennen gelernt hattest. Dann konnte ich dich heute den ganzen Tag über nicht erreichen. Es ging immer sofort die Mailbox dran. Da hätte ja sonst was passiert sein können", sagte sie in einem Ton, der mich wissen ließ, dass sie sich ernsthaft Sorgen gemacht hatte. Komisch … mein Handy hatte gar nicht geklingelt. Ich nahm es aus der Handtasche. „Tut mir leid. Ich hatte gar nicht bemerkt, dass mein Akku leer ist", sagte ich und fragte sie, ob sie mit reinkommen wollte, dann würde ich ihr alles erzählen, was seit der Party passiert war. Die Aussicht auf Informationen über den mysteriösen Kerl, den ich kennen gelernt hatte, besänftigte sie sofort. Sie hakte sich bei mir ein und wir gingen die Straße bis zu meinem Haus hinunter. In der Wohnung angekommen, schloss ich zuerst mein Handy an das Ladekabel im Schlafzimmer an. Dann ging ich rüber ins Wohnzimmer, wo Sarah es sich bereits auf meinem Zweisitzer-Sofa gemütlich gemacht hatte. Ich setzte mich zu ihr. Ungeduldig sah sie mich an: „Jetzt erzähl schon. Wie heißt er? Wie sieht er aus? Ist er gut im Bett?", fragte sie mich mit einem Augenzwinkern. „Ach, halt die Klappe", sagte ich lachend und boxte ihr spielerisch gegen die Schulter. „Können wir uns erst mal um etwas Wichtigeres kümmern?", fragte ich sie. „Was gibt es Wichtigeres als heiße Kerle und Sex?" Sie fing an zu lachen, kaum dass sie diese Worte ausgesprochen hatte. Auch ich musste lachen. Das war typisch Sarah – je schmutziger und intimer die Details, desto besser. „Essen! Ich habe seit dem Frühstück nichts mehr gegessen und merke grad, dass ich am Verhungern bin", sagte ich und hielt mir meinen knurrenden Bauch. Noch immer lachend, zückte sie ihr Handy und rief bei BEST PIZZA IN TOWN an und bestellte Pizza. Sarah wusste, auch ohne mich zu fragen, was ich haben wollte. Wir bestellten jedes Mal das Gleiche. Die Pizzeria befand sich nur zwei Straßen von meiner Wohnung entfernt und wurde in den letzten

Jahren unsere liebste Anlaufstelle für Pizza. „So! Für deinen knurrenden Magen ist gesorgt. Jetzt will ich alle schmutzigen Details über deine neue Bekanntschaft erfahren", sagte Sarah und sah dabei aus wie ein kleines Kind, das an Weihnachten einen Berg Geschenke unter dem Baum findet. Mit einem übertriebenen Seufzen gab ich mich geschlagen und fing an zu erzählen. „Es gibt gar keine schmutzigen Details. Wir haben nur geredet. Das war alles." Sarah tat so, als sei sie eingeschlafen: „Schnarch! Das ist die wohl langweiligste Geschichte, die ich jemals gehört habe. Du willst mir echt erzählen, dass du jemanden von einer Party mit nach Hause nimmst und dann nichts weiter passiert?" Ich zuckte mit den Schultern, bevor ich ihr sagte, dass es sich einfach nicht ergeben hatte und es dennoch eine wunderschöne Nacht gewesen war. „Und wie kam es überhaupt dazu, dass ihr angefangen habt, euch zu unterhalten?", wollte Sarah wissen. Bei dem Gedanken daran, wie ich Mike kennen gelernt hatte, musste ich lächeln. „Er hat mir sein Bier über die Bluse gekippt ..." Doch noch bevor ich den Satz beenden konnte, unterbrach mich Sarah: „Über die neue weiße? Der Stoff war ja trocken schon nicht gerade blickdicht", sagte sie und musste sich sichtbar darum bemühen, nicht zu lachen. „Jap. Die Bluse war sofort komplett durchsichtig. Ich bin dann ins Bad gerannt, wollte versuchen, die Bluse irgendwie wieder trocken zu bekommen. Konnte man voll vergessen. Er kam dann zu mir an die Badezimmertür und hat mir seinen Pullover angeboten, er trug noch ein Shirt drunter. Und so hat es sich ergeben. Wir redeten, lachten, gönnten uns diverse Drinks", sagte ich und wurde prompt vom Klingeln an der Tür unterbrochen. Ich stand auf, meldete mich an der Gegensprechanlage und ließ anschließend den Pizzaboten herein. Die Pizzen dufteten herrlich. Ich gab ihm ein großzügiges Trinkgeld, verabschiedete mich und schloss die Tür. Mit den Pizzen in der Hand lief ich zurück ins Wohnzimmer und sah, dass Sarah meine kurze Abwesenheit genutzt hatte, um eine Flasche Wein aus dem Kühlschrank in der Küche zu holen. Ich öffnete den oberen Pizzakarton, wobei mir eine nach Fisch riechende Duftwolke entgegenschlug. „Das ist dann wohl deine", sagte ich und verzog das Gesicht, als ich die Sardellen auf der Pizza erkannte. „Du weißt einfach nicht, was gut ist", lachte Sarah, griff nach dem Karton und nahm einen riesigen Bissen. Ich stimmte in ihr Lachen ein und machte mich über meine Pizza her – Schinken und Spinat. „Und werdet ihr euch wiedersehen?", fragte Sarah zwischen zwei Bissen. Ich schluckte hinunter und antwortete ihr, dass wir uns bereits heute wiedergesehen hatten. Dass wir gemeinsam frühstücken und danach spazieren gegangen waren. „Und der Kerl hat nicht versucht, bei dir zu landen?" Mir war fast klar gewesen, dass diese Frage kommen würde. Bei Sarah ging es in erster Linie immer um Sex. Ich verdrehte die Augen: „Nein. Aber so ist es auch nicht. Es macht einfach Spaß, sich mit ihm zu unterhalten und Zeit mit ihm zu verbringen. Er ist nett, witzig, sieht gut aus", schwärmte ich ihr vor und bemerkte, wie mir das Blut in die Wangen stieg. Dass ich rot wurde amüsierte Sarah. „Hast du ein Foto von ihm?", wollte sie wissen. Ich schüttelte den Kopf. „Wie heißt er denn? Findet man ihn auf Facebook oder so?", fragte Sarah und hielt bereits erwartungsvoll ihr Handy in der Hand. Ich hatte noch gar nicht daran gedacht, ihn online zu suchen. „Keine Ahnung. Habe ich noch nicht versucht. Er heißt Mike. Aber keine Ahnung, wie sein Nachname lautet", sagte ich und versuchte, die aufkeimende Neugier zu verbergen. Natürlich war es verlockend, so noch mehr über ihn zu erfahren. „Na toll, Mike ist nicht gerade ein seltener Name", meckerte Sarah und verdrehte die Augen. Ich nahm ihr das Handy aus der Hand und scrollte die gefunden Profile durch. Und tatsächlich, ich fand ihn Sein Profilbild schien beim Sport aufgenommen worden zu sein. Er lachte in die Kamera, trug ein weißes Trikot und hielt einen Fußball in den Händen. „Das hier ist er", sagte ich und hielt Sarah das Handy hin. „Der?", fragte sie entsetzt. Ja, der. Wieso entsetzte sie das so? „Ähm ja. Wieso, kennst du ihn?" Ich schaute sie fragend an, während ich auf eine Antwort wartete. Es dauerte einen kurzen Moment, ehe sie antwortete: „Nein, tu ich nicht. Ich war nur erstaunt. Der war mir auf der Party gar nicht aufgefallen." „Kein Wunder. Du warst so auf Steve fixiert. Dir wäre nicht mal aufgefallen, wenn Aliens auf der Party gewesen wären", sagte ich, „wie lief es eigentlich mit ihm?", Sofort fing sie an zu erzählen. Für Sarah war die Nacht offenbar genau wie geplant gelaufen. Sie hörte gar nicht mehr auf, von ihm zu schwärmen, machte aber auch unmissverständlich klar, dass das nichts Festes werden würde. Beim Erzählen verlor sie sich in allerhand schmutzigen Details und ich war mir sicher, dass sie stellenweise absichtlich übertrieb, um mich zum Lachen zu bringen, was ihr auch gelang. Während wir uns unterhielten, warf Sarah irgendwann einen Blick auf die Uhr. „Fuck! Schon so spät", sagte sie und tatsächlich, es war schon nach Mitternacht. „Ich geh dann besser mal. Bin morgen mit meiner Mama zum Brunchen verabredet, da brauche ich vorher unbedingt ausreichend viel Schlaf. Ausgeruhte Nerven sind der einzige Weg, das zu überstehen", sagte sie und rollte dabei theatralisch mit den Augen. Sie stand auf, ging Richtung Tür und ich folgte ihr, um sie zu verabschieden. „Dann komm gut heim und grüß mir deine Mama", sagte ich, während ich sie umarmte. Sie erwiderte meine Umarmung, wünschte mir ihrerseits eine gute Nacht und ging. Weil Sarah selbstständig war, konnte sie mehr oder weniger arbeiten, wann sie wollte. Nachdem sie weg war, räumte ich noch schnell die Pizzakartons und die Weingläser in die Küche und legte mich ins Bett. Ich nahm mein Handy vom Ladekabel und aktivierte es. Kaum war es wieder eingeschaltet, klingelte es auch schon. Diverse Benachrichtigungen von unterschiedlichen Apps und eine Nachricht von Mike, zwei Stunden alt. Mein Herz fing sofort an zu rasen. „Hey ☺ ich hoffe, du hattest noch einen schönen Tag. Die Schicht war total langweilig, wäre lieber bei dir geblieben. Wünsche dir eine gute Nacht." Ich antwortete ihm mit einer kurzen Zusammenfassung meines restlichen Tages und fragte ihn, wann wir uns wiedersehen würden. Offenbar schlief er schon, denn als ich zu müde war, um mich weiterhin wach zu halten, hatte er noch nicht geantwortet. Ich legte das Handy auf meinen Nachttisch und drehte mich auf die Seite, um einzuschlafen.

4.

Am nächsten Tag bei der Arbeit konnte ich mich nicht wirklich konzentrieren. Ich hatte nahezu gar nicht geschlafen und war daher hundemüde. Meine Gedanken kreisten die ganze Zeit um die Party, Mike und Sarah. Speziell Sarahs Reaktion auf Mike kam mir irgendwie merkwürdig vor. War sie wirklich nur entsetzt, weil ihr ein offensichtlich gut aussehender Typ durch die Lappen gegangen war? Oder war sie eher entsetzt darüber, dass er mich angesprochen hatte und nicht sie? Vielleicht interpretierte ich da auch einfach wieder einmal zu viel hinein. Ich war immer sofort verunsichert, wenn jemand nicht so reagierte, wie ich es mir vorgestellt hatte. Und ich war mir sicher, dass Sarah mich nicht anlügen würde. Als ich mich gegen Mittag endgültig nicht mehr konzentrieren konnte, beschloss ich, meine Mittagspause vorzuziehen. Ich verließ das Gebäude, in dem sich meine Firma befand. Es war ein großer Komplex, den sich mehrere Firmen teilten, und er bestand nahezu komplett aus Glas. Im vierten Stock befand sich das Areal der Kundenbetreuung von BLANE MODEN, wo ich arbeitete. Auf der gegenüberliegenden Straßenseite war ein kleines asiatisches Restaurant. Hier verbrachte ich oft meine Mittagspause. Im Innern sah es so aus, wie man es sich vorstellte. Alles war in dunkelroten und schwarzen Farbtönen gehalten, dunkle Möbel. Überall standen kleine goldene Drachen und hingen bunte Lampions. Es gab sogar einen kleinen Teich, in dem Koi-Karpfen schwammen. Ich setzte mich an einen freien Tisch am Fenster. So konnte ich beim Essen dem hektischen Treiben draußen zusehen. Die Speisekarte lag bereits auf dem Tisch. Ich öffnete sie und sah mir die verschiedenen Gerichte an. So oft, wie ich diese Karte schon in der Hand gehabt hatte, hätte ich sie eigentlich auswendig können müssen. Als der Kellner zu mir an den Tisch kam, bestellte ich mir ein kleines stilles Wasser, knusprige Ente mit Erdnusssauce und Reis und eine kleine Portion Frühlingsrollen. Wie immer, war das wahrscheinlich viel zu viel. Aber dann würde ich den Rest mit nach Hause nehmen und heute Abend essen. Während ich auf meine Bestellung wartete, schaute ich auf mein Handy. Außer einem kurzen „Guten Morgen" hatte ich heute noch nichts von Mike gehört, was mir mehr zusetzte, als ich zugeben wollte. Aus dem Augenwinkel bemerkte ich, dass der Kellner mir mein Wasser brachte. Ich öffnete das Profil, das wir gestern gefunden hatten, auf meinem Handy und scrollte die letzten Einträge durch. Viel zu sehen gab es leider nicht. Außer seinem Profilbild gab es nur ein weiteres Foto. Es zeigte ihn auf einer Party. Er hielt einen Drink in der Hand und stand vor einem DJ-Pult. Ansonsten gab es nur wenige Einträge, die sich alle um Fußball drehten. Sollte ich ihm eine Freundschaftsanfrage schicken? Oder war das noch zu früh? Frustriert legte ich mein Handy zur Seite, sah aus dem Fenster und traute meinen Augen einen Moment lang nicht. Auf der anderen Straßenseite, direkt vor meiner Firma, stand Mike. „Einmal Ente mit Erdnusssauce", kündigte der Kellner mein Essen an und ich wandte ihm kurz meinen Blick zu. Als ich wieder aus dem Fenster sah, auf der Suche nach Mike, war von ihm weit und breit nichts mehr zu sehen. Na toll, jetzt halluzinierte ich schon. Mit wenig Begeisterung fing ich an, mein Mittagessen zu verzehren und schaffte tatsächlich die komplette Portion. Ich bezahlte und ging zurück zur Arbeit. Sehr viel motivierter war ich noch immer nicht. Und besser konzentrieren konnte ich mich auch nicht. Gefühlt dauerte es Ewigkeiten, bis es endlich 18 Uhr war und ich Feierabend machen konnte. Auf dem Weg nach draußen starrte ich auf mein Handy und überlegte, ob ich Mike anrufen oder ihm schreiben sollte. Mit gesenktem Kopf – ich schaute noch immer auf mein Handy – lief ich die Straße entlang in Richtung Bushaltestelle. Dort angekommen, setzte ich mich auf die Bank. Um diese Zeit musste ich immer eine Weile auf den Bus warten. Ich überlegte noch immer, ob ich mich bei Mike melden sollte. Oder sollte ich ausharren, bis er sich meldete? Hatte er vielleicht doch kein Interesse an mir und meldete sich deshalb nicht? „Vic?" Ich blickte auf und sah Mike vor mir stehen, der mich verblüfft musterte. Alles, was ich hervorbrachte, war ein schüchternes Hi. „Nimmst du den Bus?", fragte er und sah betreten zu

Boden. „Ja. Ich komme gerade von der Arbeit und wollte nach Hause fahren. Was treibt dich in diese Gegend?", wollte ich wissen. „Ich war um die Ecke bei einem Freund", sagte er und setzte sich neben mich auf die Bank. Schweigend saßen wir nebeneinander. „Tut mir leid, dass ich mich heute nicht wirklich gemeldet habe. Ich wusste einfach nicht, was ich schreiben soll. Ich habe diverse Nachrichten angefangen und wieder gelöscht, weil sie sich zu sehr nach verliebtem Teenager angehört haben", sagte er. Dabei kratzte er sich verlegen am Kopf. Hatte er sich gerade als verknallten Teenager bezeichnet? Ich nahm all meinen Mut zusammen und griff nach seiner Hand. Dabei blickte ich ihm in die Augen und sagte: „Schon okay. Ging mir auch so." Wir lächelten uns an und er erwiderte den Druck meiner Hand. „Es ist vielleicht etwas spontan … aber hättest du Lust, mit mir ins Kino zu gehen?", fragte er mich. Lächelnd nickte ich und da das Kino nur ein paar Gehminuten entfernt war, gingen wir, noch immer händchenhaltend, zu Fuß dorthin. Es war eines dieser alten Kinos, die nur zwei unterschiedliche Filme zeigten, die nicht unbedingt aktuell waren. Obwohl ich protestierte, bestand er darauf, mich einzuladen. Er kaufte die Tickets für den Film – irgendwas Gruseliges mit Zombies –, bevor wir rüber an den Kiosk gingen und uns einen großen Eimer süßes Popcorn und zwei große Softdrinks holten. Wir waren ziemlich spät dran, so dass bereits der Vorspann lief. Der Film fing gleich ziemlich eklig an. Ich erschrak mich und verschüttete etwas Popcorn. Ich entschuldigte mich, schließlich hatte er das Popcorn bezahlt. Anstatt etwas zu erwidern, legte er seinen Arm um meine Schultern und zog mich näher zu sich heran, woraufhin ich meinen Kopf an seine Schulter lehnte. Obwohl auf der Leinwand vor mir Menschen von Untoten gefressen wurden, fühlte ich mich verdammt wohl bei ihm.

„Hey Schlafmütze, aufwachen", hörte ich eine leise Stimme sagen. War ich tatsächlich eingeschlafen? Bei einem Date? Ich brauchte einen Moment, bis ich mich wieder im Hier und Jetzt befand. Verlegen entschuldigte ich mich bei ihm. Gott, war mir das peinlich. Er lächelte mich an und sagte mir, dass das nicht schlimm sei. Ihm war das in der Vergangenheit auch schon passiert.

Auf dem Weg nach draußen griff er in seine Hosentasche und bot mir ein Kaugummi an, nachdem er sich einen in den Mund gesteckt hatte. Ich lehnte dankend ab. Er griff wieder nach meiner Hand. Wir gingen zurück zur Bushaltestelle und mussten feststellen, dass der nächste Bus erst in einer Stunde kommen würde. Wir einigten uns darauf, ein Taxi zu rufen. Wir hatten Glück und es war in wenigen Minuten da. Zusammen setzten wir uns auf die Rückbank und ich nannte dem Fahrer meine Adresse. Bei mir angekommen, sagte er dem Fahrer, dass er kurz warten solle. Er wolle nur sichergehen, dass ich auch wohlbehalten bis zur Tür komme und stieg hinter mir aus dem Auto. Vor der Tür drehte ich mich nochmal zu ihm um und bedankte mich für das Kino und den schönen Abend – auch wenn ich den Großteil verschlafen hatte. Wir umarmten uns und als wir dabei waren, uns wieder voneinander zu lösen, küsste ich ihn. Es war ein sanfter, schüchterner Kuss. Mit sachtem Druck lagen meine Lippen auf seinen und ich konnte fühlen, wie mein ganzer Körper kribbelte. Ich spürte, wie er mir mit der einen Hand durch die Haare fuhr und seine andere Hand auf meiner Hüfte ruhte. Unter seiner Berührung wurde der Kuss leidenschaftlicher, fast stürmisch. Seine Zunge drang in meinen Mund und wurde dort von meiner empfangen. Atemlos lösten wir uns erneut voneinander und lächelten uns schüchtern an. Er gab mir einen flüchtigen Kuss auf die Stirn, wünschte mir eine gute Nacht und ging zurück zum Auto. Ich schloss die Haustür auf und drehte mich nochmal zu ihm um. Das Taxi fuhr los und ich blickte ihm hinterher, bis es außer Sichtweite war. Ich ließ die Tür hinter mir zufallen und ging hoch in meine Wohnung. Wie jeden Abend machte ich mich im Badezimmer fertig und legte mich anschließend ins Bett. Dort musste ich die ganze Zeit an diesen Kuss denken. Ich wusste nicht, wann ich das letzte Mal so glücklich gewesen war. Seine Lippen waren so weich und sanft und er schmeckte erstaunlich gut. Nach Zucker und Minze. Genau so sollte sich ein erster Kuss anfühlen. Ich freute mich jetzt schon auf das nächste Treffen mit ihm. Und auf das nächste und das danach. Auf alles, was kommen würde.

5.

Ein paar Wochen später liege ich samstagmorgens neben Mike in seinem Bett. Eine Weile liegen wir einfach nur aneinandergekuschelt da. Bis mein Blick auf seinen Wecker fällt. „Fuck! Ich bin schon viel zu spät dran!" Hektisch springe ich aus dem Bett und sammle meine Klamotten zusammen. Es ist bereits 11 Uhr. In einer Stunde bin ich mit meinen Geschwistern verabredet. „Wo gehst du denn hin?", fragt Mike in quengelndem Ton. „Das hatte ich dir doch erzählt. Ich treffe mich um 12 Uhr mit Sven und Michelle", sage ich beiläufig, während ich mich anziehe. „Stimmt, da war ja etwas", sagt er in einem undeutbaren Tonfall. „Du kannst immer noch mitkommen, wenn du möchtest", lade ich ihn erneut ein. Das habe ich in den letzten Tagen bereits mehrfach getan, aber er hat es immer ausgeschlagen. Dabei wäre das vielleicht die Gelegenheit für ihn und meine Geschwister, sich besser kennen zu lernen und besser miteinander klarzukommen. „Nein, ich bin mir ziemlich sicher, dass ich nicht wirklich erwünscht bin." Der Sarkasmus in seiner Stimme ist deutlich herauszuhören. „Komm schon. Du weißt, dass das nicht stimmt. Ihr kennt einander eben noch nicht ausreichend. Aber das könnte heute doch eine gute Gelegenheit sein, daran etwas zu ändern." Keine Ahnung, wieso, aber meine Stimme klingt fast flehend. Er macht sich nicht einmal die Mühe, aus dem Bett aufzustehen, als er mir sagt, dass er es vorziehen würde, daheim zu bleiben. Geknickt nehme ich meine Tasche von seinem Schreibtischstuhl und gehe hinüber zum Bett, um ihm einen Abschiedskuss zu geben. Bevor unsere Lippen aufeinandertreffen, dreht er seinen Kopf zur Seite, so dass ich nur seine Wange berühre. Das versetzt mir einen Stich. Er ist jedes Mal merkwürdig, wenn ich mich mit meiner Familie treffe und ich verstehe einfach nicht, wieso. „Hey, komm schon. Ich habe beide schon ewig nicht mehr gesehen. Und ich komme danach doch wieder hierher", versuche ich ihn zu besänftigen, scheitere aber. Sein Blick gleitet nun ebenfalls zu seinem Wecker und mit ausdrucksloser Miene fragt er mich, ob ich nicht langsam losmüsse. Mittlerweile ist es schon 11.30 Uhr. Wenn ich nicht zu spät kommen will, muss ich definitiv jetzt los. „Ja. Ich gehe dann. Wir reden heute Abend." Mit einem letzten enttäuschten Seufzer stehe ich auf und verlasse die Wohnung. Ich verstehe das nicht. Ich liebe ihn. Aber meine Familie liebe ich auch. Auf der einen Seite bin ich diese ewigen Streitereien und seine schlechte Laune echt leid. Auf der anderen Seite machen mein Vater und mein Bruder kein Geheimnis daraus, dass sie ihn nicht leiden können und dass es ihnen lieber wäre, wenn wir nicht zusammen wären. Wahrscheinlich würde ich mich an seiner Stelle auch nicht anders verhalten. Da wir uns bei Sven zu Hause treffen und seine Wohnung nicht weit von Mikes entfernt ist, gehe ich zu Fuß und schaffe es tatsächlich noch pünktlich. Gerade als ich die Klingel betätigen möchte, klingelt mein Handy. Ich ziehe es heraus und das Display verrät mir, dass Mike anruft. „Hey Schatz …", setze ich gerade an, als ich von ihm unterbrochen werde. „Kannst du bitte zurückkommen? Mir geht es total schlecht. Ich habe mich drei Mal übergeben, seit du gegangen bist und kann mich kaum auf den Beinen halten." Seine Stimme ist brüchig und hört sich an, als ob er geweint hätte. „Oh, ok, ähm ja, ich … ähm, ich mache mich auf den Weg. Ich sag den anderen schnell Bescheid und dann komme ich. Ich schätze, das werden die beiden schon verstehen. Das ist ja ein Notfall. Ich gehe noch bei der Apotheke vorbei und dann komme ich", sage ich. „Kannst du bitte einfach sofort kommen? Ich brauche nichts aus der Apotheke." Sein Ton ist minimal schroffer geworden. „Ok, ich bin unterwegs", sage ich und lege auf. Meine Gedanken sind auf einmal nur noch darauf ausgerichtet sicherzustellen, dass es Mike gut geht. Ich schreibe Michelle schnell eine Nachricht, dass ich es doch nicht schaffen würde und entschuldige mich dafür. Als Antwort erhalte ich nur eine kurze Nachricht, die besagt, dass sie das schon befürchtet habe. Ohne weiter darüber nachzudenken, drehe ich mich auf dem Absatz um und mache mich wieder auf den Weg zurück zu Mike.

6.

In den kommenden Wochen trafen wir uns jeden Tag und kamen uns schnell sehr nah. Ich stellte ihn meiner Familie vor. Die waren geteilter Meinung. Mein Vater und mein Bruder waren skeptisch – wahrscheinlich kam da der Beschützerinstinkt in ihnen hervor. Meine Mama und meine Schwester hingegen fanden ihn toll – natürlich. Er besaß die Art Charme, die Frauen reihenweise umhaute. Seine Familie lebte noch immer im Ausland, somit konnte ich sie leider nicht kennen lernen. Aber das war ok, irgendwann würde es sich schon ergeben. Und zehn Monate später schwitze ich ihm zuliebe im Fitnesscenter. Dabei war ich nie wirklich sportlich. Ich bin eigentlich eher der Typ Couch-Potato. Glücklicherweise habe ich gute Gene, die verhindern, dass mir der Mangel an Sport schadet. Aber was macht man nicht alles, um so viel Zeit wie möglich mit jemandem, den man liebt, verbringen zu können? Als wir das Studio verlassen, fragt Mike mich, was wir heute Abend machen wollen. „Oh, ich habe mich mit Sarah verabredet", antworte ich ihm und Mike verkrampft sich augenblicklich. Sarah ist meine beste Freundin, seit wir uns in der 5. Klasse kennen gelernt haben. Sie ist damals – am ersten Schultag – als Letzte in die Klasse gekommen und der einzig freie Platz ist der neben mir gewesen. Es hat Wochen gedauert, bis wir das erste Mal miteinander redeten Aber seit dem ersten Wort, das wir miteinander gewechselt haben, sind wir nahezu unzertrennlich. Und in den letzten vierzehn Jahren ist sie Teil meiner Familie geworden. Meine Eltern lieben sie. Sie behandeln sie wie eine weitere Tochter. Der Spruch *Gegensätze ziehen sich an* passt zu hundert Prozent auf unsere Freundschaft. Ich bin von Natur aus ein eher ruhiger Mensch, der, bis auf wenige Ausnahmen, nicht offen auf andere Menschen zugeht und meistens nicht viel redet. Sarah ist da ganz anders. Sie ist offen, lernt gerne neue Leute kennen und liebt es, im Mittelpunkt zu stehen. Manchmal glaube ich, dass sie die Aufmerksamkeit zum Leben braucht wie andere Menschen Sauerstoff. Und wenn sie erst mal angefangen hat zu reden, kommt man meist nur schwer zu Wort. In den letzten Monaten haben wir uns viel zu selten gesehen. Leider sind Sarah und Mike bis jetzt noch nicht wirklich warm miteinander geworden, was es echt schwer macht, beiden genug Aufmerksamkeit zu schenken. Die zwei sind wie Feuer und Eis. Sobald sie auf einandertreffen, liegt eine unangenehme Spannung in der Luft, die einfach nicht vergehen will. Ich habe das gegenüber beiden angesprochen – schließlich sind mir beide wichtig –, aber sie können sich das auch nicht erklären. Es wundert mich daher nicht, dass Mike mir missmutig einen schönen Abend mit ihr wünscht und unsere Verabschiedung eher verhalten ausfällt. Er wirkt in letzter Zeit regelrecht beleidigt, wenn ich meine Zeit auch mit anderen verbringen möchte. Um die Wogen etwas zu glätten, verspreche ich ihm, dass ich danach zu ihm kommen und über Nacht bleiben werde. Das besänftigt ihn wenigstens ein wenig. Zu Hause packe ich mir schnell eine Tasche mit den wichtigsten Sachen, um die Nacht auswärts zu verbringen, ziehe mir was Bequemes an und mache mich auf den Weg zu Sarah, die nur ein paar Straßen weiter wohnt. Sarahs Haus ist ein wunderschöner Altbau, der laut Sarah schon den Ersten Weltkrieg überlebt hat. Im Innern ist von dem Charme der Vergangenheit jedoch nicht mehr viel zu sehen. Die Wände und der Boden sind komplett aus weißem Marmor gefertigt. Damit die Bewohner dieses Hauses bequem in jedes Stockwerk kommen, ziert ein Aufzug die Wand rechts der Eingangstür. Von diesem Fahrstuhl profitiere ich nun auch. Denn Sarah darf, dank einer großzügigen Geste ihres Vaters, das Loft des Hauses ihr Eigen nennen. Im Fahrstuhl gebe ich den vierstelligen Code ins Tastenfeld ein, um in die fünfte Etage zu gelangen. Sobald sich die Türen des Aufzugs öffnen, steht man auch schon in Sarahs Wohnung. Auch hier besteht der Boden in allen Räumen aus weißem Marmor. Die Wände sind in einem zarten Fliederton gestrichen und durch die großflächige Fensterfront ist die gesamte Wohnung lichtdurchflutet. Es gibt drei Zimmer, von denen jedes einzelne größer ist als meine gesamte Wohnung. Ein Schlafzimmer, ein Gästezimmer und ein großes Wohnzimmer mit offener Küche. Vom

Wohnzimmer kommt man auf einen großen Balkon mit wunderschöner Aussicht auf den angrenzenden Fluss. An manchen Tagen kann man von hier aus Schiffe beobachten. Ich ziehe meine Schuhe aus und stelle sie zusammen mit meiner Tasche neben der Aufzugtür ab. Sarah wartet bereits in der Küche auf mich. So sehr wir uns in unserer Art unterscheiden, so wenig unterscheiden wir uns optisch. Wir sind beide schlank und ca. 1,70 cm groß. Beide haben wir von Natur aus dunkle Haare, wobei meine seit etlichen Jahren von blonden Strähnen geziert werden. Sarah holt gerade eine Flasche Weißwein aus dem Kühlschrank. „Hey, Vic! Du kommst gerade rechtzeitig", sagt sie mit einem Augenzwinkern und hält mir die Flasche und den Flaschenöffner entgegen. In gespielter Entrüstung verdrehe ich die Augen, schnappe mir Öffner und Flasche und habe den Korken in wenigen Augenblicken herausgedreht. Ich gieße den Wein in die beiden Gläser, die Sarah bereits aus dem Schrank über der Spüle geholt hat. Mein Magen knurrt und ich merke, dass ich einen Riesenhunger habe. Sarah scheint meinen Magen ebenfalls gehört zu haben. Mit ihrem Handy durchforstet sie das Internet bereits nach Lieferdiensten. Da wir irgendwie Lust auf alles haben – Pizza, Pasta etc. –, bestellen wir von allem etwas. Während wir auf unser Essen warten, unterhalten wir uns. Wir reden über die Arbeit, Familie – bis Sarah mich fragt, wie es mit Mike läuft. Er ist ihr egal. Aber wie es mir mit ihm geht, scheint ihr dann doch irgendwie wichtig zu sein. „Er ist in letzter Zeit etwas anhänglich. Aber ansonsten läuft es gut", antworte ich. „Anhänglich", schnaubt Sarah verächtlich, „so fängt es an. Wenn es nach ihm ginge, würdest du doch nur noch mit ihm rumhängen." Nicht das schon wieder. Ist es denn falsch, dass mein Freund am liebsten jeden Tag mit mir verbringen würde? Gerade am Anfang ist das doch verständlich. Wobei er in letzter Zeit tatsächlich etwas anstrengend, ja, fast besitzergreifend geworden ist. Speziell wenn es darum geht, dass ich mich mit Sarah treffen will. Aber das schiebe ich mal auf die Abneigung, die beide füreinander empfinden. „Du weißt, dass das nicht stimmt, Sarah. Gut, wir verbringen sehr viel Zeit miteinander. Aber so ist das in einer Beziehung nun mal." Sarah sieht mich eindringlich an, bevor sie sagt: „Zeit miteinander verbringen ist auch nicht das Problem. Aber man sieht dich kaum noch. Wenn die alte Clique zusammenkommt, bist du nie dabei. Und auch mir sagst du immer öfter ab. Sogar von deinen Geschwistern habe ich gehört, dass du nicht mehr wirklich zu greifen bist. Dass du immer wieder Familienfeiern absagst." Bitte? Reicht es ihr jetzt nicht mehr, Mike einfach nicht zu mögen? Muss sie da jetzt meine Geschwister mit reinziehen? Ich möchte etwas sagen, aber sie lässt mich gar nicht zu Wort kommen. „Du lässt nie irgendwelche Familienfeste ausfallen. Selbst wenn du nur kurz dort bleiben kannst, du gehst auf jeden Fall hin!" Mittlerweile ist sie richtig wütend. „Jetzt komm aber mal wieder runter", unterbreche ich sie, „das war ein, vielleicht auch zweimal der Fall. Mike ging es an diesen Tagen nicht gut und ich bin bei ihm geblieben, weil er mich brauchte! Außerdem geht es dich nichts an, wann ich meine Familie sehe und wann nicht!" Ich merke, wie auch ich immer wütender werde. Sie ist zwar meine beste Freundin, aber das geht sie einfach nichts an. „Ja klar! Der arme, kleine Mike. Wahrscheinlich wäre er gestorben in den paar Stunden, die du nicht bei ihm gewesen wärst. Merkst du eigentlich noch was? Er versucht, dich, so gut es geht, von allen zu isolieren, die außer ihm Teil deines Lebens sind. Lass mich raten, dass du jetzt gerade hier bist, passt ihm bestimmt auch nicht, oder?" Zugegeben, das tut es nicht, aber diese Genugtuung möchte ich ihr nicht geben. Als ich nichts sage, schüttelt Sarah den Kopf. „Keine Antwort ist in dem Fall auch eine. Was musstest du ihm denn versprechen, damit du herkommen durftest? Du merkst das gar nicht, aber du hast dich verändert, Vic!" Ich soll mich verändert haben? Sarah kommt doch nur nicht damit klar, dass sie nicht mehr die Nummer eins in meinem Leben ist. Ich bin zum ersten Mal verliebt und das lasse ich mir von ihr nicht kaputt machen. Mittlerweile gehe ich genervt in der Küche auf und ab. „Jetzt sag doch auch mal was. Oder musst du erst Mike fragen, ob du das darfst?", fährt sie mich an. Ok, jetzt reicht es! „Ich habe mich verändert? Wenn sich hier jemand verändert hat, dann du. Du bist doch nur eifersüchtig auf ihn, weil er jetzt das Wichtigste in meinem Leben ist und nicht mehr du! Weil ich dir nicht mehr Tag und Nacht zur Verfügung stehe und du Zeit mit dir selbst oder anderen verbringen musst!" Das Ganze nervt mich so sehr, dass ich fast schreie: „Es ist nicht meine Schuld, dass niemand gut genug für dich ist und du jeden ablehnst, dessen Konto nicht ausreichend gefüllt ist! Du erwartest so viel von den Männern und hast selbst so wenig zu bieten! Kein Wunder, dass es keiner mit dir aushält, so oberflächlich, wie du meistens bist. Und ob Mike was dagegen hat, dass ich hier bin oder nicht, spielt keine Rolle. Schließlich bin ich doch jetzt hier! Aber das reicht dir wieder nicht. Wir hätten einfach Zeit miteinander verbringen können. Ein Gläschen Wein, Pizza und ein guter Film. Aber nein – du musst wieder mit Mike anfangen. Kannst du nicht einfach akzeptieren, dass ich glücklich bin?" Sarah sieht mich eindringlich an. Ich kann ihren Gesichtsausdruck nicht genau deuten. Ist das Mitleid in ihrem Blick? „Ich könnte akzeptieren, dass du glücklich bist, wenn du noch du selbst wärst. Aber das bist du nicht", sagt Sarah mit einem Seufzen. „Und ob ich das bin. Ich bin nur nicht mehr die Version von mir, die dir gefällt! Er ist Teil meines Lebens. Finde dich damit ab!" „Das kann ich aber nicht!", schreit Sarah. „Das wirst du aber müssen. Und wenn du das nicht kannst, kann ich nicht mehr mit dir befreundet sein." Sarah sieht mich an, als hätte ich sie geohrfeigt. „Das kannst du unmöglich ernst meinen." Diese Konversation könnten wir ewig weiterführen und würden uns doch nur im Kreis drehen. Egal, was jetzt noch gesagt wird, wir befinden uns an einem Punkt, wo wir beide von unserem Standpunkt nicht abrücken werden. Ich habe auch keine Lust mehr auf diese Diskussionen, die immer wieder zwischen uns stehen. Ich muss hier raus, bevor mir endgültig der Kragen platzt. Ohne Sarah eines weiteren Blickes zu würdigen, gehe ich Richtung Fahrstuhl. Unterwegs schnappe ich mir meine Sachen, ziehe meine Schuhe an und rufe den Aufzug herauf. „Du gehst jetzt nicht wirklich?" Mit einem Mal steht Sarah hinter mir und starrt mich ungläubig an. „Das siehst du doch. Ich habe es satt, mich ständig mit dir über meinen Freund zu streiten. Ich kann und ich will das einfach nicht mehr." Sarah scheint zu merken, dass ich diesmal nicht nachgeben werde. Mit einem Mal ist ihre Miene nämlich wie versteinert: „Na gut. Wenn du jetzt gehst, brauchst du nicht mehr zurückkommen." Ich betrete den Fahrstuhl, drücke den Knopf, der mich ins Erdgeschoss bringen wird, und drehe mich nochmal zu ihr um. „Keine Sorge, das werde ich nicht", ist das Letzte, was ich zu ihr sage, bevor sich die Türen des Aufzugs schließen und ich nach unten fahre. Ich bin so wütend, dass mir noch im Fahrstuhl die Tränen kommen. Draußen auf der Straße weiß ich für einen kurzen Moment nicht, wohin ich gehen soll. Ist es zu früh, um schon zu Mike zu gehen? Vor 22 Uhr rechnet er nicht mit mir und jetzt ist es erst viertel nach acht. Aber soweit ich weiß, wollte er heute Abend zu Hause bleiben. Ich mache mich auf den Weg zur nächsten Bushaltestelle und habe Glück. Der nächste Bus kommt in drei Minuten. Er ist komplett leer und ich beschließe, mich ganz nach hinten in die letzte Reihe zu setzen. Dort lehne ich den Kopf ans Fenster und starre hinaus in die Dunkelheit. Ich überlege, ob ich überreagiert habe. Nein, das war schon lange überfällig. Bisher habe ich jedes Mal nachgegeben und ihr immer verziehen, was sie über Mike und meine Beziehung zu ihm gesagt hat. Aber ich bin es leid. Da bin ich das erste Mal in meinem Leben verliebt und schon streiten Sarah und ich uns nur noch. Wenn sie meint, mich vor diese Entscheidung stellen zu müssen – sie oder er –, muss sie auch mit den Konsequenzen leben. *Marktplatz,* ertönt eine elektronische Stimme aus den Lautsprechern im Bus. Hier muss ich raus Ich drücke den Knopf, der dem Fahrer signalisiert, dass ich aussteigen möchte. Wieder an der frischen Luft, beschließe ich, die zehn Minuten von der Haltestelle bis zu Mikes Wohnung zu Fuß zu gehen. Mikes Wohngegend unterscheidet sich komplett von Sarahs Viertel. Hier sind die Häuser heruntergekommen und überall liegt Müll rum. Wahrscheinlich stinkt es hier deshalb immer ein wenig. Unterwegs lasse ich das eben Geschehene nochmal Revue passieren. Ich verstehe das einfach nicht. Wie kann sie nur so missgünstig sein? Wir kennen uns gefühlt schon unser ganzes Leben lang. Ich war mir immer sicher, dass wir diese Art von Freundschaft haben, die einfach alles übersteht. War es das jetzt wirklich mit unserer Freundschaft? Ich möchte es nicht, aber ich sehe auch keinen Weg, wie es funktionieren könnte. Verzeihe ich ihr, würde das bedeuten, dass ich Mike verlassen muss. Aber ich liebe Mike. Und solange ich mit Mike zusammen bin, wird sie niemals Ruhe geben. Wieso kann sie sich nicht einfach für mich freuen? Ich erwarte ja gar nicht, dass sie ihn mag. Sie sollte nur mir zuliebe versuchen, ihn zu tolerieren. Als ich das Haus erreiche, in dem Mike wohnt, kommt gerade ein Nachbar heraus, der mir die Tür aufhält. Ich bedanke mich mit einem Nicken und flitze die Treppe hinauf in den zweiten Stock. Ich will jetzt einfach nur noch bei ihm sein. Ich stehe vor der Wohnungstür und drücke auf die Klingel, höre aber nichts. Ich drücke noch einmal, aber wieder nichts. Manchmal funktioniert die Klingel in diesem Haus nicht, also klopfe ich kräftig gegen die Tür. Es dauert einen Augenblick, aber dann öffnet sich die Tür, jedoch nur einen Spaltbreit. „Vic!", ruft Mike erstaunt. Soweit ich das durch den Spalt sehen kann, trägt er kein Shirt und seine Haare sind ziemlich zerzaust. Vielleicht hat er ja geschlafen. „Hey, kann ich reinkommen? Ich habe mich mit Sarah gestritten und wollte einfach nur zu dir." „Ähm, das ist grad ein schlechter Zeitpunkt", stammelt Mike vor sich hin. Ich verstehe nicht ganz. Er hatte mich doch heute Abend unbedingt bei sich haben wollen. Und jetzt stehe ich ziemlich fertig vor ihm und er will mich nicht reinlassen? „Schatz, ich hatte einen miesen Abend und wollte jetzt einfach nur bei dir sein", versuche ich noch mal, ihn dazu zu bewegen, mich reinzulassen. „Süßer, wie lange brauchst du denn noch?", höre ich eine vergnügte Stimme aus der Wohnung rufen. Eine definitiv weibliche Stimme, die ich nicht kenne. Mike wirkt auf einmal wie ein kleiner Junge, den man beim Klauen erwischt hat. „Du … du bist nicht allein?", frage ich, obwohl die Antwort ziemlich offensichtlich ist. Noch bevor Mike etwas antworten kann, steht plötzlich die Frau zu der unbekannten Stimme hinter ihm. Sie ist groß, braun gebrannt und hat langes, blondes Haar. Soweit ich sehen kann, und sie lässt wirklich tief blicken, ist sie unter

Mikes Bademantel nackt. Dem schwarzen Bademantel, den ich immer trage, nachdem wir … miteinander geschlafen haben. Noch bevor mein Verstand kapiert hat, was hier läuft, reagiert mein Körper instinktiv. Ich hole aus, knalle Mike meine Handfläche ins Gesicht, drehe mich um und renne die Treppe hinunter. Draußen bleibe ich stehen und hole tief Luft. Gott, ist mir auf einmal schlecht. „Vic, warte!", schreit Mike hinter mir her. Offenbar muss Miss Bademantel noch etwas länger auf seine Rückkehr warten. „Was soll das, Mike? Wer ist diese Frau?", stoße ich mit tränenerstickter Stimme hervor „Schatz, es tut mir leid. Aber du wolltest den Abend heute nicht mit mir verbringen", stößt er in einem halbherzigen Versuch, sich zu erklären, hervor. Langsam kommt mein Verstand wieder in Gang. Gibt er ernsthaft mir die Schuld dafür, dass er gerade fremdgegangen ist? Ich wollte nur ein paar Stunden mit einer Freundin verbringen. Gut, jetzt wohl eher nicht mehr Freundin. Und er nimmt sich deshalb gleich die Nächstbeste mit nach Hause? Er weiß verdammt genau, wie ich über Untreue denke. Und schließlich reden wir hier über höchstens vier Stunden, die er ohne mich hätte verbringen müssen. „Und die Tatsache, dass ich lieber einen Abend mit einer Freundin verbringen wollte als mit dir, rechtfertigt es, dass du fremdvögelst? Wann wolltest du sie denn bitte wegschicken? In ein paar Stunden wäre ich hier aufgeschlagen, um die Nacht mit dir zu verbringen!" Ich schreie und weine, bin wütend und weine dadurch nur noch mehr. Aber Mike scheint das alles kaltzulassen. Er weint nicht und lässt auch sonst keine Gefühlsregung erkennen. Im Gegenteil – seine Miene ist regungslos. „Was willst du von mir hören?", fragt er mich. „Du hast deine Wahl getroffen und bist lieber zu Sarah. Anja ist eine alte Freundin und kam zufällig vorbei", sagt er mit einem Schulterzucken. „Und du schläfst immer mit Freunden, die zufällig vorbeikommen?", frage ich. „Jetzt mach da doch nicht so ein großes Ding draus. Sie war da, du nicht. Das hatte absolut nichts zu bedeuten." Langsam klingt er etwas genervt. Er kommt auf mich zu und möchte mich bei der Hand nehmen. Ich ziehe meine Hand weg und sage ihm, dass er mich nie wieder anfassen soll und schon gar nicht, wenn seine Hände kurz vorher noch diese Schlampe namens Anja berührt haben. Als Nächstes passiert etwas, das ich nicht habe kommen sehen. Seine Faust trifft mich so plötzlich und mit solcher Kraft im Gesicht, dass es mir den Atem raubt. Während ich ihn ungläubig anstarre und mir die schmerzende Wange halte, schreit er mich an. Ich blöde, kleine Schlampe sei selbst schuld. Ich hätte nun mal die falsche Entscheidung getroffen. Im Gegensatz zu mir sei Anja für ihn da gewesen. Ich weiß nicht, wie lange wir so dastanden. Als sich meine Schockstarre etwas gelöst hat, sehe ich ihn an und sage ihm, dass es aus ist. Nicht nur dass er mich betrogen hat – er hat mir mit der Faust ins Gesicht geschlagen. Sowohl beim Fremdgehen als auch beim Schlagen bin ich der Meinung, dass man so jemandem keine zweite Chance geben darf, egal, wie groß die Gefühle sind. Wer es einmal tut, wird es auch ein zweites Mal tun. Und weitere Male würden mit Sicherheit folgen. Während ich die Worte ausspreche, vergrößere ich den Abstand zwischen uns, um gegen einen erneuten Wutausbruch gewappnet zu sein. Doch der Ausbruch kommt nicht. Mike sieht mich einfach nur an und sagt in einem Ton, so emotionslos, dass er mir das Blut in den Adern gefrieren lässt, dass ich das bereuen werde. Dann dreht er sich um und ist innerhalb weniger Sekunden wieder im Haus verschwunden.

7.

Mir ist gar nicht bewusst, dass ich mich in Bewegung gesetzt habe, aber auf einmal stehe ich vor meinem Haus. Wie in Trance greife ich in meine Tasche, hole den Schlüssel hervor und gehe hinein. In meiner Wohnung lehne ich mich gegen die geschlossene Tür, sinke langsam daran zu Boden und weine. Hier sitze ich nun, im Dunkeln, komplett allein. Ich verstehe das alles nicht. Wie kann es sein, dass heute Morgen noch alles super war und jetzt nicht mehr? Für einen kurzen Moment überlege ich, ob ich Sarah anrufen soll. Mich entschuldigen, ihr sagen, wie recht sie mit Mike hatte. Aber das geht nicht. Ich habe in dem Moment, als ich ihre Wohnung verlassen habe, unser besonderes Band durchtrennt. Für eine Weile sitze ich einfach nur da und starre in die Dunkelheit. Irgendwann kann ich nicht einmal mehr weinen, ich fühle mich einfach komplett leer. Ich muss eingeschlafen sein. Denn als ich wieder wach werde, geht draußen schon die Sonne auf. Langsam stehe ich auf und merke, wie steif meine Glieder im Laufe der Nacht geworden sind. Meine Wange tut weh. Im Badezimmer werfe ich einen Blick in den Spiegel und sehe einen dicken bläulichen Bluterguss, auf meinem rechten Jochbein. Es tut weh, kümmert mich aber nicht weiter. Der emotionale Schmerz ist stärker. Ich lasse meine Tasche im Flur liegen, streife mir meine Turnschuhe von den Füßen und gehe ins Schlafzimmer. Ich lasse die Jalousien herunter, um die Helligkeit des Tages auszusperren. Im Dunklen schlage ich meine Decke zurück und lege mich, noch komplett angezogen, ins Bett. Um der Realität zu entfliehen, ziehe ich mir die Decke bis über den Kopf. Ich vermisse Sarah. Ich vermisse Mike, trotz Betrug und der Tatsache, dass er mich geschlagen hat. Ich vermisse das Leben, wie es vor einigen Stunden noch war. Wenn ich könnte, würde ich die Zeit zurückdrehen. Aber was würde ich anders machen? Würde ich wirklich andere Entscheidungen treffen? Darauf weiß ich keine Antwort. Ich rolle mich auf die Seite, ziehe die Knie an und schlinge die Arme darum. Meine Gedanken kreisen immer wieder um den gestrigen Abend. Kann mir nicht irgendjemand sagen, dass das Ganze nur ein schlechter Witz ist? Oder ein Albtraum und sobald ich aufwache, ist alles wieder gut? Aber leider weiß ich, dass das nicht passieren wird. Beim Gedanken an die Realität, diesem betäubenden Gefühl der Hilflosigkeit, kommen mir erneut die Tränen. So liege ich da und weine mich erneut in einen ruhelosen und erschöpften Schlaf.

8.

Ich werde von einem Geräusch geweckt. Ein schrilles Klingeln, das sich erbarmungslos wiederholt. Es dauert einen Moment, bis ich realisiere, dass es sich dabei um den Klingelton meines Handys handelt. Unmotiviert ertaste ich es auf meinem Nachttisch und ziehe es zu mir unter die Decke. Während ich ein Auge geschlossen halte, schiele ich mit dem anderen auf das Display – FUCK, ist das hell. *Sven ruft an,* ist darauf in dicken Buchstaben zu lesen. „Hallo", begrüße ich meinen Bruder in mürrisch müdem Ton. „Wow, sag mir bloß nicht, dass ich dich gerade geweckt habe." Er klingt amüsiert. „Kann schon sein. Was gibt's?", frage ich und mein Unmut über die Störung ist mir noch immer deutlich anzuhören. Sven kichert: „Da ist aber jemand gut gelaunt. Ich wollte dich auch nur daran erinnern, dass ich dich in einer Stunde abholen komme." Ich bin verwirrt. Wieso will mein Bruder mich abholen? Als würde er meine Verwirrung durch das Telefon hören können, sagt er: „Essen bei Mama und Papa?" Und da erinnere ich mich wieder. Meine Mutter ist der Meinung, dass wir alle uns schon viel zu lange nicht mehr gesehen haben und hat deshalb für heute einen Familienabend einberufen. Um ehrlich zu sein, steht mir der Sinn definitiv nicht nach Gesellschaft. Aber Einladungen meiner Mutter schlägt man nicht aus. Und es ist tatsächlich eine gefühlte Ewigkeit her, dass wir alle zusammen waren. „Bist du wieder eingeschlafen?", fragt Sven mit einem hörbaren Lachen in der Stimme. Mittlerweile macht er sich eindeutig über mich lustig. Ich seufze: „Nein! Ich … ich werde fertig sein, wenn du kommst. Bis dann." Ich lege auf, ohne seine Antwort abzuwarten. Deprimiert ziehe ich die Decke noch mal fest um meinen Kopf, bevor ich mich geschlagen gebe und aufstehe. Um wach zu werden, beschließe ich, schnell unter die Dusche zu springen. Als ich anschließend mit nassen Haaren vor meinem Spiegel stehe, betrachte ich mein Gesicht. Es sieht nicht ganz so schlimm aus wie befürchtet. Das sollte sich mit etwas Schminke kaschieren lassen. Ich putze mir die Zähne, föhne mir die Haare und gehe zurück in mein Zimmer, um mich anzuziehen – Jeans und ein einfaches schwarzes Shirt. Wieder im Badezimmer, krame ich das bisschen Schminke hervor, das ich mein Eigen nenne. Entsetzt stelle ich fest, dass das gut abdeckende flüssige Make-up leer ist. Mist! Ich schaue auf die Uhr – keine Zeit mehr, um neues zu besorgen, bevor ich abgeholt werde. Ich finde noch einen Rest Puder. Genervt beschließe ich, dass es damit gehen muss. Am Ende habe ich fast den gesamten Puder aufgebraucht und kann die Verfärbung trotzdem noch sehen. Fieberhaft überlege ich, was ich sonst noch tun kann, um den Bluterguss zu verdecken. Aber auch nach reiflicher Überlegung fällt mir nichts ein. Ich werde aus meinen Gedanken gerissen, als es an der Tür läutet. Ich betätige die Gegensprechanlage. „Komm runter, Schwesterchen", ruft mir ein gut gelaunter Sven entgegen. Ich sage ihm, dass ich nur noch kurz meine Tasche hole und bin in der nächsten Minute schon auf dem Weg zu ihm. Bevor ich die Haustür öffne, atme ich tief durch. Durch das Milchglas kann ich sehen, dass er direkt davor auf mich wartet. Ich öffne die Tür und halte meinen Blick gesenkt. „Hey", murmle ich und gehe schnurstracks an ihm vorbei und auf sein Auto zu. Er erwidert meine Begrüßung verwirrt und folgt mir. Als wir beide im Auto sitzen, warte ich darauf, dass er losfährt, was er aber nicht tut. „Müssen wir nicht los?", frage ich ihn, während ich seinem Blick noch immer ausweiche. „Ich weiß nicht. Müssen wir das?", fragt er mit leicht sarkastischem Unterton. Normalerweise würde ich jetzt ebenfalls sarkastisch antworten. Aber mein Kopf ist wie leergefegt und mir fällt nichts Geistreiches ein. „Vic, sieh mich an", sagt er, als er merkt, dass ich nichts erwidern werde. Ich habe gedacht, ich würde das besser hinbekommen. Ich habe meine Familie in der Vergangenheit schon öfter über meine wahren Gefühle im Dunkeln gelassen. Doch heute kriege ich das einfach nicht hin. Ich blinzle ein paar Mal schnell, um die Tränen zurückzudrängen, die mir in die Augen schießen. Langsam lehne ich mich an die Kopfstütze des Sitzes und drehe den Kopf zu ihm hinüber. Sofort zeichnet sich Entsetzen auf seinem Gesicht ab, seine Hände ballen sich zu Fäusten, sein Mund ist zu einer dünnen Linie zusammen gepresst. „War er das?", zwischen zusammengebissenen Zähnen stößt er die Frage hervor.

Ich bin hin und her gerissen. Ein Teil von mir möchte ihm die Wahrheit unbedingt erzählen. Aber ein anderer Teil will es ihm nicht erzählen. Er würde sich aufregen und sich schlecht fühlen angesichts dessen, was mir passiert ist. Genervt – weil ich nicht weiß, was ich jetzt machen soll – presse ich die Augen zusammen und die Fäuste gegen die Stirn. Ich merke gar nicht, dass ich angefangen habe zu weinen, bis ich auf einmal fest gegen die Brust meines Bruders gedrückt werde. Beruhigend streicht er mir immer wieder über den Rücken. Er drückt mich so fest, dass ich befürchte, zerquetscht zu werden. „Du erdrückst mich", sage ich zwischen zwei Schluchzern. Er lockert seinen Griff etwas, lässt mich aber noch immer nicht los. „Sagst du mir jetzt bitte, was passiert ist?", fragt er und hält mich so, dass ich ihm in die Augen sehen muss. Und in diesem Moment weiß ich, dass ich es ihm erzählen werde. Sein ganzes Leben hat er immer auf mich aufgepasst und versucht, mich, so gut es geht, zu beschützen. Wenn ich es recht überlege, habe ich ihm bislang auch immer einfach alles erzählt, was in meinem Leben so losgewesen ist. Ich wühle in meiner Handtasche nach einem Taschentuch und schnäuze mir die Nase. Dann richtet sich mein Blick auf die morsche Eiche, die rechts neben dem Auto steht. „Ich habe mich gestern mit Sarah zerstritten", beginne ich zu erzählen. Mein Bruder sieht mich einfach nur schweigend an. Er weiß, dass Sarah und Mike sich nicht ausstehen können. „Es ging mal wieder um Mike. Ich bin während unseres Streits abgehauen und wollte einfach nur zu Mike." Diese Aussage entlockt ihm ein abfälliges Schnauben. „Als ich dann aber bei ihm angekommen bin, wollte er mich nicht reinlassen. Er war nämlich nicht allein", sage ich mit brüchiger Stimme und sauge zittrig Luft in meine Lungen, in der Hoffnung, meine Fassung irgendwie zurückzubekommen. Wütend knallt Sven seine linke Faust aufs Lenkrad: „Dieses Arschloch hat dich betrogen?" Er wirkt, als würde er vor lauter Wut gleich platzen. „Durch den Türspalt konnte ich eine vollbusige Frau sehen, die nichts weiter trug als seinen Bademantel." Allein bei der Erinnerung daran wird mir schlecht. „Ich habe ihm eine geknallt und bin dann rausgerannt. Keine Ahnung, wo ich hinwollte, aber ich musste da raus. Er ist mir hinterhergerannt. Hat mir die Schuld daran gegeben, dass er mich betrogen hat." Diese Erinnerung entlockt mir ein verbittertes kleines Lachen. Ungläubig starrt mein Bruder mich an. „Ja, er meinte, dass er das nicht getan hätte, wenn ich den Abend bei ihm und nicht bei Sarah verbracht hätte. So ein Arschloch. Wir haben dann eine ganze Weile vor seiner Tür gestritten. Und während dieses Streits hat er mir ins Gesicht geschlagen. Im ersten Moment war ich einfach nur geschockt. Ich habe das alles gar nicht verstanden. Noch ein paar Stunden zuvor war ich total glücklich und dann hatte ich auf einmal keine beste Freundin mehr und mein Freund hat sich als betrügerisches, gewalttätiges Arschloch entpuppt. Ich habe dann mit ihm Schluss gemacht. Er faselte noch irgendwas von wegen *das würde ich bereuen* und dann ging er wieder rein und ich lief nach Hause", beende ich die Schilderung der letzten Nacht. „Ich werde ihn umbringen", stößt Sven wütend hervor, während er wieder mit der Faust aufs Lenkrad schlägt. Besänftigend lege ich meine Hand auf seine Faust und zwinge ihn jetzt meinerseits, mich anzusehen. „Bitte tue nichts Unüberlegtes. Er ist es nicht wert, dass man sich die Finger an ihm schmutzig macht." „Dann fahren wir sofort zur Polizei. Er hat dich geschlagen, das ist Körperverletzung." Er ist schon im Begriff, den Wagen anzulassen, als ich ihn unterbreche. „Wir können nicht zur Polizei. Immerhin habe ich ihn zuerst geschlagen. Und ich will einfach nur, dass das alles vorbei ist. Ich will ihn nie wiedersehen", bitte ich ihn, was ihn dazu bringt, das Auto wieder auszumachen. „Wie du willst, Vic. Aber wenn er mir über den Weg laufen sollte, wird sich dieser kleine Wichser wünschen, niemals geboren worden zu sein." Ich schenke ihm ein zögerliches Lächeln. Es herrscht einen Moment Stille, bevor wir beide beim Klingeln meines Handys erschreckt zusammenzucken. „Oh Mist, das ist Mama", sage ich, schaue auf die Uhr und stelle fest, dass wir schon eine halbe Stunde zu spät sind. „Hi, Mama", ich hebe ab und versuche, neutral zu klingen. „Vic, Schätzchen wo bleibt ihr? Hat dein Bruder dich noch nicht abgeholt?" Sie klingt teils besorgt, teils verärgert. Sie konnte es noch nie leiden, wenn man zu spät kommt, ohne sich zu melden. „Ähm, doch, er ist schon eine Weile bei mir. Ich habe beim Fertigmachen total die Zeit vergessen. Wir sind auf dem Weg." Während ich ihr diese Lüge auftische, bedeute ich Sven mit einem Blick zum Lenkrad, dass er losfahren soll. „Okay, mein Liebling. Fahrt vorsichtig", sagt sie und im nächsten Moment ist die Leitung auch schon wieder unterbrochen. Während Sven sich auf die Straße vor uns konzentriert, werfe ich einen Blick in den integrierten Spiegel der Sonnenblende. Trotz der Tränen sitzt das Make-up noch gut. Ich hoffe, dass die anderen ausnahmsweise etwas weniger aufmerksam sind als sonst. Ich weiß nicht, ob ich es durchstehen würde, das Ganze heute noch einmal zu erzählen und dadurch erneut zu erleben. Die Fahrt dauert mit dem Auto keine zwanzig Minuten. „Bereit reinzugehen?", fragt mein Bruder mich mit einem besorgten Blick. Bin ich bereit?

9.

Ich sitze also im Auto vor dem Haus meiner Eltern und bin mir nicht sicher, ob ich bereit bin, auszusteigen und hineinzugehen. Das zweistöckige, graue Haus im viktorianischen Stil mit den vier Schlafzimmern und dem großen Garten war früher so ein belebter und fröhlicher Ort gewesen. Aber seit wir Kinder ausgezogen sind, ist es hier immer unglaublich still. „Also steigen wir jetzt aus?", fragend sieht mein Bruder mich an. Noch bevor ich realisiert habe, was ich da sage, sind die Worte auch schon aus meinem Mund: „Ja, lass uns gehen." Ich öffne die Tür, steige aus und habe einen riesigen Kloß im Hals. Wieso fühle ich mich so absolut unbehaglich? Trotz allem, was gestern passiert ist, dem Gespräch mit meinem Bruder und der mit Sicherheit bevorstehenden Konfrontation mit meiner restlichen Familie, verstehe ich dieses Gefühl einfach nicht. Sven und ich haben gerade die Veranda betreten, als Michelle uns schon die Tür öffnet. „Endlich! Ich dachte schon, ihr zwei würdet gar nicht mehr auftauchen", beginnt sie, sich zu beschweren, bevor sie auf einmal innehält und mein Gesicht mustert. Sie will gerade etwas sagen und ich kann mir auch schon denken, was das sein wird. Ich drücke sie fest an mich und flüstere ihr ins Ohr, dass ich jetzt nicht darüber reden möchte. Ich löse mich von ihr und gehe in die Küche, wo ich meine Eltern beim Kochen sehe. Wie auf Knopfdruck blicken sie auf, um mich zu begrüßen und ich kann sehen, wie ihre Gesichter augenblicklich erstarren und blass werden. „Das ist nichts und ich will jetzt nicht drüber reden", sage ich und versuche, ihnen damit gleich den Wind aus den Segeln zu nehmen. Daraufhin kommt mein Vater um die Kücheninsel herum auf mich zu und nimmt mich in den Arm. Und im Bruchteil einer Sekunde löst sich alles in mir auf. Ich mache mir nicht einmal die Mühe, die Tränen zurückzuhalten, weil ich weiß, dass es mir sowieso nicht gelingen wird. Am Rande höre ich meine Geschwister in die Küche kommen, die von meiner Mutter sofort mit Fragen gelöchert werden. Ob Sven ihr antwortet oder nicht, kann ich nicht hören. Und, um ehrlich zu sein, ist es mir im Augenblick auch egal. In den Armen meines Vaters fühle ich mich wieder wie ein kleines Mädchen. Verletzlich – was aber nicht weiter schlimm ist, weil ich weiß, dass er mich vor allem beschützen wird. Ich bemerke erst, dass mein Vater mich ins Wohnzimmer geführt hat, als ich plötzlich auf dem Sofa sitze. Mein Kopf ruht noch immer auf seiner Schulter, als die Tränen zu versiegen beginnen. Dem großen, dunklen, nassen Fleck auf seinem Pullover nach zu urteilen, habe ich auch mehr als genug geweint. Wisst ihr, was ich an meinem Vater am meisten liebe? Er drängt einen nicht preiszugeben, was einen bedrückt. Er kann Stunden – sogar Tage – einfach nur für einen da sein, ohne ein einziges Wort zu sagen. So auch jetzt. Während die Blicke meiner Mutter und meiner Schwester mir die Worte regelrecht aus der

Nase ziehen wollen, hält mein Vater mich einfach nur im Arm und streicht mir beruhigend über den Rücken. Meine Mutter muss zwischendurch den Raum verlassen haben, denn auf einmal steht sie mit einer Tasse Tee und einem Teller mit meinen Lieblingskeksen – Kamillentee und Kekse mit weißer Schokolade und Macadamianüssen – vor mir. Essen war schon immer das Allheilmittel meiner Mutter. Wenn Probleme sich durch eine gute Mahlzeit oder Süßigkeiten nicht lösen lassen, ist man richtig am Arsch. Mit einem letzten Schniefen hebe ich den Kopf und schenke ihr ein schwaches Lächeln, bevor ich nach der Tasse greife. Obwohl der Tee noch stark dampft, ist die Tasse nicht heiß, sondern angenehm warm. Ich setze die Tasse an, um einen Schluck zu nehmen, halte aber sofort inne, als die doch noch extrem heiße Flüssigkeit auf meine Lippen trifft. Sven scheint wegen der ganzen Situation so unter Strom zu stehen, dass es ihm unmöglich ist, sich zu uns zu setzen. Rastlos läuft er zwischen den Fenstern, die zur Straße hinausgehen, hin und her. An seinem Gesichtsausdruck kann ich erkennen, dass er fieberhaft darüber nachdenkt, wie er Mike dafür, dass er seine kleine Schwester schlecht behandelt hat, büßen lassen kann. Auf einmal bleibt er stehen und starrt mit einem so eisigen Blick aus dem Fenster, dass es mich frösteln lässt. Ich will gerade etwas sagen, als er, so schnell, dass einem schwindelig wird, zur Tür sprintet. Verwirrt sehen wir, die wir noch im Wohnzimmer sitzen, uns an. Als wir von draußen plötzlich zwei laute und aufgebrachte Stimmen hören, eilen auch wir schnell zur Haustür. Dort bietet sich uns ein unerwartetes Bild. Mike liegt auf dem Boden in der Einfahrt. Sven steht über ihm und ist sichtlich um den letzten Rest Fassung bemüht, der ihm noch geblieben ist. Ich kann sehen, wie Mike sich die linke Wange hält und Sven verwirrt anstarrt. Ich bin mir nicht ganz sicher, aber für den Bruchteil einer Sekunde meine ich, so etwas wie Ehrfurcht in seinem Blick erkennen zu können. Obwohl sie in meinem Rücken stehen, kann ich spüren, wie ich von Blicken durchbohrt werde. Ich sehe, wie Mike sich aufzurappeln versucht, als Sven ihn auch schon packt und mit aller Kraft wieder auf den Boden schleudert. „Sven, hör auf damit", schreie ich gerade in dem Moment, als seine Faust auf Mikes Kiefer trifft. Hat Mike das verdient? Keine Ahnung, ein Teil von mir will meinem Bruder assistieren und ihn sowohl für das Fremdgehen als auch das Veilchen büßen lassen. Aber ein anderer Teil, der der zu rationalem Denken noch fähig ist, will Mike einfach nur nie wiedersehen. Und vor allem will dieser Teil von mir nicht, dass Sven sich durch sein aufbrausendes Handeln strafbar macht. Ich will gerade auf die beiden zugehen, als eine Hand sich von hinten auf meine Schulter legt und mich zurückhält. „Bleib hier, dein Vater wird das schon regeln", höre ich meine Mutter sagen. Ich habe gar nicht bemerkt, dass mein Vater sich bereits auf den Weg zu den beiden gemacht hat. Er bedeutet Sven, dass er zu uns auf die Veranda gehen soll, beugt sich hinunter, um Mike aufzuhelfen. Kaum steht dieser wieder, packt mein Vater ihn am Kragen und flüstert ihm etwas zu. So leise, dass ich nicht verstehen kann was er sagt. Aber egal, was es war, es bewegt Mike dazu, sich umzudrehen und langsam davonzugehen. Ehe er außer Sichtweite ist, dreht er sich noch einmal um und fixiert uns alle mit einem durch und durch hasserfüllten Blick. Dieser Blick erinnert mich so sehr an den von gestern Abend, als er mir sagte, dass ich es bereuen würde, ihn verlassen zu haben. Und genau wie gestern gefriert mir dabei das Blut in den Adern. „Ich schätze, du schuldest uns ein paar Erklärungen", raunt mein Vater mir zu, als er an mir vorbei hinein ins Haus geht. Nacheinander kehren sie alle wieder zurück ins Haus und ich bleibe für einen Moment alleine zurück. Ich schätze, er hat recht, ich schulde ihnen Erklärungen. Ich nehme mir ein paar Sekunden, um mich zu sammeln, bevor ich selbst wieder hineingehe und die Haustür hinter mir schließe. Los geht's. Erzählen wir ihnen die Wahrheit.

10.

Mit klopfendem Herzen und schwitzigen Händen folge ich den anderen nach ein paar Minuten zurück ins Haus. Langsam schließe ich die Haustür hinter mir und lehne mich ein paar Sekunden mit dem Rücken dagegen. „Komm schon, Vic. Das ist deine Familie da drin. Sie verdienen die Wahrheit", sage ich mir. Da drin sitzen die Menschen, die ich am meisten in meinem Leben liebe. Jene Menschen, die immer für mich da sein werden. Egal, was passiert. Wieso ist es mir dann nur so unangenehm? Ja, nahezu peinlich. Zögernd setze ich einen Fuß vor den anderen und gehe ins Wohnzimmer. Wie bei einer Anhörung sitzen meine Eltern und meine Schwester auf dem Sofa, Sven lehnt, wie zuvor auch, am Fenster. Nur dass er diesmal zu uns sieht und nicht auf die Straße hinaus. Ohne ein Wort zu sagen, sind alle Augen im Raum auf mich gerichtet, abwartend. „Also", beginne ich, mit einem kurzen Seufzer gebe ich mich endgültig geschlagen. „Ich habe gestern mit Mike Schluss gemacht." Kaum habe ich das ausgesprochen, gibt Sven ein abfälliges Schnauben von sich, das ich nicht ganz genau deuten kann. Zu meinem Erstaunen sagt noch immer keiner etwas dazu. Normalerweise werden Erzählungen, egal. worum es dabei geht, in meiner Familie immer von Fragen oder sonstigen Einwürfen unterbrochen. Nicht dieses Mal. Ich merke, wie sich ein Zittern in meine Stimme schleicht. „Ich habe ihn dabei erwischt, wie er mit einer anderen zusammen war. Und als ich ihn zur Rede gestellt habe, war er dreist genug, mir die Schuld daran zu geben, weil ich meine Zeit nicht nur mit ihm, sondern auch mit anderen verbringen wollte. Als ich ihm dann gesagt habe, dass es das für mich war, hat er mir das hier verpasst", mit meinen Fingerspitzen streiche ich sanft über die Stelle, an der sich der Bluterguss befindet, „und mir gedroht – nein versprochen –, dass ich das bereuen werde." Jetzt ist es an mir, alle Anwesenden abwartend zu mustern. Es dauert eine Weile, aber auf einmal reden alle durcheinander. Von Drohungen über Beleidigungen und Nachfragen, wie es mir jetzt gehe, ist alles rauszuhören. Irgendwann klinken meine Gedanken und meine Aufmerksamkeit sich aus und blenden die aufgeregten Stimmen um mich herum aus. Ich fühle mich einfach nur leer und will davon nichts mehr hören.

11.

Was soll ich sagen? Das war damals wohl nicht mein Tag. Innerhalb weniger Stunden habe ich zuerst meine beste Freundin und anschließend meinen Freund verloren. So schnell kann es manchmal gehen. Man bekommt gar nicht wirklich mit, wie es passiert. Doch auf einmal liegt ein gigantischer Scherbenhaufen vor einem. Und man weiß nicht, wie man diesen reparieren soll. Im Nachhinein hatte Sarah mit ihrer Meinung über Mike so was von recht. Aber Liebe macht ja bekanntlich blind. Ich sollte in den nächsten Tagen und Wochen noch einiges über Mike erfahren, das mich daran zweifeln ließ, ob er mich je geliebt hatte. Anja war wohl nicht die Erste, mit der er mich betrog, wenn ich keine Zeit für ihn hatte. Die nächsten Monate waren schwer für mich. Ich hatte plötzlich keine Vertrauten mehr. Eine Zeit lang kapselte ich mich von nahezu allem ab. Das ging so weit, dass ich meinen nicht weiter erwähnenswerten Job verloren habe. Das war mein Weckruf. Ich musste mein Leben wieder in den Griff bekommen. Es in geordnete Bahnen lenken. Erst mal musste ein neuer Job her. Also fing ich an, Bewerbungen zu schreiben. Ich hatte ganz vergessen, wie nervig das Suchen eines neuen Jobs ist. Vorerst konnte ich zwar von meinen Ersparnissen leben, ein Dauerzustand konnte das aber nicht sein. Ich kündigte die Mitgliedschaft im Fitnesscenter. Mike dort über den Weg zu laufen, hätte ich nicht ertragen. Und das war ja sowieso nie wirklich mein Hobby gewesen, also ein verhältnismäßig kleiner Verlust. Es dauerte, aber ich bekam mein Leben wieder in den Griff und wurde jeden Tag ein Stückchen glücklicher. Die Tage, an denen ich intensiv an das Geschehene dachte, wurden seltener. Und wenn sie kamen, wurde der Schmerz von Mal zu Mal kleiner.

Bis eines Tages die Vergangenheit an meine Tür klopfte. Lasst euch eins gesagt sein – sollte die Vergangenheit jemals bei euch anklopfen, lasst sie lieber nicht herein. Sie hat nichts Neues zu erzählen und bringt selten Gutes mit sich. Ich sollte diese Lektion auf schmerzhafte Weise lernen.

12.

Manchmal kann das Leben so schnell aus den Fugen geraten, dass es eine Ewigkeit dauert, das Gleichgewicht wiederzufinden. Die Trennung von Mike und der Bruch mit Sarah sind nun beinahe ein Jahr her. Es hat mich einiges an Kraft gekostet, diese Zeit hinter mir zu lassen. Es gab immer wieder Momente, in denen Aufgeben so einfach gewesen wäre. Aber ich habe es, so gut es geht, geschafft. Einen neuen Job habe ich bisher leider noch nicht gefunden. Aber Mike ist kein Thema mehr. So schnell und stark, wie Liebe kommt, geht sie meist auch wieder. Und so war es im Bezug auf Mike auch. Nachdem ich mir selbst gestattet hatte, über alles nachzudenken, habe ich begriffen, dass Mike mir nicht so gut getan hat, wie ich geglaubt hatte. Ich hatte mich tatsächlich verändert, aber wie das so ist, fällt es einem selbst nicht auf und wenn andere einen darauf hinweisen, glaubt man ihnen nicht. Irgendwie muss ich ihm sogar danken. Durch sein beschissenes Verhalten hat er es mir sehr einfach gemacht, ihn loszulassen. Er lauerte mir in den Wochen, nachdem ich ihn verlassen hatte, noch des Öfteren auf. Zu Hause, wenn ich meine Familie besuchte, bei der Arbeit – als ich meinen Job noch hatte –, einfach überall tauchte er auf. Am Anfang versuchte er noch, mit mir zu reden. Aber als er merkte, dass ich daran nicht interessiert war, stand er einfach nur rum und beobachtete mich. Egal, ob tagsüber oder bei Nacht. Wenn ich jemandem davon erzählte, wollte mir keiner glauben. Ich würde mir das nur einbilden, weil ich ihn wohl doch vermisste. Nach einer Weile hörte es auch ganz plötzlich auf und auch ich habe eine Zeit lang wirklich geglaubt, ich hätte mir das tatsächlich nur eingebildet. Im Endeffekt war ich einfach nur froh, dass er nicht mehr auftauchte. Der Bruch mit Sarah hingegen ist nach wie vor ein wunder Punkt. Es gab so viele Momente im letzten Jahr, an denen ich sie nur zu gerne um Rat gefragt hätte. Oder einfach nur mit ihr reden wollte. Aber es gab keinen Weg zurück. Als ich in den sozialen Medien nach suchte, um zu sehen, wie es ihr so ergangen war, musste ich feststellen, dass sie mich auf sämtlichen Plattformen blockiert hatte. Ihre Handynummer hatte sie entweder geändert oder sie hatte mich auch auf diesem Weg blockiert. So schwer es auch fiel, damit musste ich mich abfinden. Ich wusste damals genau, dass, wenn ich ging, sie mir das nicht verzeihen würde. Dennoch gab ich ihren Namen in gewissen Abständen in diverse Suchmaschinen ein – vielleicht würde sie mir irgendwann verzeihen können.

Ein paar Tage, nachdem unser Zerwürfnis ein Jahr her war, klingelte mein Handy. Es war eine unbekannte Nummer. Normalerweise gehe ich bei nicht bekannten Nummern nie ans Telefon, aber da ich noch diverse offene Bewerbungen hatte, nahm ich den Anruf an. Es hätte ja wichtig sein können. „Hallo", meldete ich mich am Telefon. Ein paar Sekunden war es still, bis eine mir vertraute Stimme sich meldete. „Hey, Vic. Wie geht es dir?" Sarah! Ich war so perplex, dass ich für einen Moment nicht wusste, ob ich wach war oder träumte. All die Monate konnte ich sie nicht kontaktieren und nun meldet sie sich bei mir? Das habe ich mir die ganze Zeit so sehr gewünscht. Und jetzt bin ich total verunsichert. Ich antworte ihr, dass es mir gut geht und frage sie – ich hoffe, man hört mir meine Verwirrung nicht an –, wieso sie sich meldet. Plötzlich fängt sie an zu weinen: „Vic, es tut mir leid. Ich hätte damals nicht immer auf Mike rumhacken sollen. Ich vermisse dich und ich will unsere Freundschaft wiederhaben. Ich werde auch versuchen, mit Mike klarzukommen. Falls du unsere Freundschaft auch noch willst." Oh, Sarah. Natürlich will ich wieder deine Freundin sein. Dich verloren zu haben, ist schmerzhafter als es die Trennung von Mike jemals gewesen ist.

Kann es denn wahr sein, dass das hier wirklich passiert? „Mike und ich sind nicht mehr zusammen", stammle ich ins Telefon. Für einen Moment schweigen wir beide. Merkwürdig, ich habe noch nie erlebt, dass Sarah nicht weiß, was sie sagen soll. „Das … das tut mir leid", bringt sie zögerlich hervor und ich weiß nicht, ob sie das ernst meint oder ob sie denkt, dass ich das hören will. „Was ist denn zwischen euch passiert?", möchte sie wissen. Soll ich es ihr erzählen? Eigentlich will ich es, bin mir aber nicht sicher, ob das jetzt ein guter Zeitpunkt ist. Ich entschließe mich dazu, ihr vorerst nichts davon zu erzählen, dass Mike mich betrogen und geschlagen hat. Also sage ich nur: „Hat irgendwie nicht geklappt. Aber es geht mir gut damit." Man merkt, dass wir seit einem Jahr nicht miteinander gesprochen haben. Die Leichtigkeit, mit der wir uns früher unterhalten haben, ist komplett verschwunden. „Ich weiß nicht, ob du bereit dazu bist – aber könnten wir uns treffen? Einfach reden und das letzte Jahr irgendwie aus der Welt schaffen?", fragt Sarah und ich kann hören, dass ihr diese Frage nicht einfach über die Lippen kommt. Wie sehr ich mir das gewünscht habe! „Das können wir gerne machen. Ich habe dich im letzten Jahr auch sehr vermisst, Sarah. Aber ich wusste nicht, ob du mir jemals verzeihen würdest, dass ich damals einfach gegangen bin", sage ich und merke, wie meine Stimme brüchig wird. „Lass uns das persönlich besprechen. Wir könnten uns auf einen Kaffee treffen", schlägt Sarah vor. „Das hört sich gut an", sage ich und überlege, wo man sich treffen könnte. Es dauert nicht lange, bis ich eine Idee habe. „Wir könnten uns im THE COZY CAT treffen", schlage ich nun meinerseits vor. Dort waren wir früher drei bis vier Mal die Woche. Es scheint mir ein guter Ort, um unsere Freundschaft wiederzubeleben. Schließlich verbinden wir beide schöne Erinnerungen mit diesem Ort. Sarah ist einverstanden und fragt mich, ob es morgen passen würde. So bald schon? Ich freue mich darüber und bin gleichzeitig nervös, sage aber zu und so verabreden wir uns für den nächsten Tag um 15 Uhr. Nach dem Telefonat stehe ich total unter Spannung. Ich habe auf einmal so viel nervöse Energie in mir, dass ich einfach nicht still sitzen kann. Ich kann es immer noch nicht fassen, dass Sarah sich bei mir gemeldet hat. Erst gestern habe ich sie mal wieder in den Sozialen Medien gesucht und da hatte sie mich noch immer blockiert. Um die überschüssige Energie abzubauen, beschließe ich, spazieren zu gehen. Draußen ist es heute zwar ziemlich eklig – es ist recht kalt und regnet schon den ganzen Tag –, aber ich muss mich bewegen. Mit Gummistiefeln und Regenjacke bekleidet, mache ich mich auf den Weg. Ich weiß gar nicht, wo ich eigentlich hinlaufe. Aktuell spielt das aber auch keine Rolle. Ich genieße es einfach, mich zu bewegen und merke, wie die Energie sich langsam abbaut. Als ich wieder nach Hause zurückkehre, ist es draußen bereits dunkel. Mittlerweile ist diese nervöse Anspannung, die mich den ganzen Tag über begleitet hat, verflogen. Ich ziehe die nasse Jacke und die Stiefel aus und stelle sie zum Trocknen in die Dusche. Im Schlafzimmer ziehe ich mir die Jogginghose, die ich in letzter Zeit immer zum Schlafen anhabe, und mein viel zu weites Schlafshirt an, bevor ich in die Küche gehe. Ich brauche unbedingt etwas zu essen! Ich schaue in den Kühlschrank – leer! Ich schaue sämtliche Schränke durch. Aber außer trockenen Nudeln, ein wenig Mehl und verschiedenen Gewürzen habe ich offenbar nichts im Haus. Ich muss unbedingt einkaufen gehen. Zum Glück finde ich im Gefrierschrank noch eine Pizza mit Thunfisch. Der Abend ist gerettet. Ich heize den Ofen vor, schiebe die Pizza hinein und sitze zwölf Minuten später mit einer himmlisch duftenden Pizza vorm Fernseher. Ich bin so hungrig, dass ich nicht warten will, bis die Pizza sich etwas abgekühlt hat. Das bereue ich sofort. Ich verbrenne mir die Zunge und die Oberlippe. Fuck, tut das weh! Ungeduldig warte ich also doch einen Augenblick, bevor ich mein Essen gierig hinunterschlinge. Es ist nach Mitternacht, als ich, ins Bett gehen.

Am Morgen fühle ich mich wie gerädert. Ich habe nicht wirklich gut geschlafen. Ich habe schlecht geträumt und mich die ganze Zeit hin und her gewälzt. Es ist nach elf, als ich beschließe aufzustehen. Mein erster Weg führt mich ins Badezimmer. Ich nehme die nun trockene Regenjacke und die Stiefel aus der Dusche und stelle mich selbst anschließend darunter. Minutenlang stehe ich einfach nur da und lasse das warme Wasser über meinen Körper laufen. Irgendwie vertrödle ich die ganze Zeit, die ich noch habe, bis ich losmuss, damit, mich fertig zu machen. Ich bin so aufgeregt, als hätte ich ein Date. Auf einmal ist es schon nach zwei. Das THE COZY CAT ist etwas weiter weg, so dass ich diesmal nicht zu Fuß gehen kann, sondern mit der Straßenbahn fahren muss. Ich werfe einen letzten Blick in den Spiegel und bin zufrieden mit dem, was ich sehe. Also gut, auf geht's. Ich bin schon wieder total nervös. Zwischenzeitlich habe ich schon überlegt abzusagen. Aber ich will Sarah unbedingt wiedersehen. Gespannt auf den heutigen Nachmittag, verlasse ich meine Wohnung und mache mich auf den Weg zur Straßenbahnhaltestelle. Als ich dort ankomme, habe ich gerade noch genug Zeit, um mir ein Ticket zu kaufen. Ich springe noch rechtzeitig in die Bahn, bevor sich die Türen schließen und wir abfahren. Die Bahn ist angenehm leer – jede Menge freie Plätze. Ich setze mich auf einen Zweier-Sitzplatz in Fahrtrichtung. Ein Glück sind so viele Plätze frei, denn beim Rückwärtsfahren wird mir immer schlecht. Die Fahrt dauert eine knappe viertel Stunde. Während der Fahrt beobachte ich die anderen Fahrgäste. Eine Gruppe Jungs – Jugendliche, ich schätze sie auf ungefähr 14 –, die sich lauthals über irgendein Videospiel unterhalten, bei dem einer von ihnen wohl ständig schummelt. Ansonsten sitzt nur noch ein älteres Paar in der Bahn. Die beiden sehen sehr vertraut aus. Ich stelle mir vor, dass sie ein Ehepaar sind. Eines dieser Paare, das seit der Schulzeit zusammen ist. Stillschweigend scheinen sie die Fahrt zu genießen. An der Haltestelle *Universitätsviertel* steige ich aus. Das THE COZY CAT befindet sich an der nächsten Ecke. Kaum bin ich aus der Bahn ausgestiegen, laufe ich los. Der Vergangenheit entgegen.

13.

14.55 Uhr. Obwohl ich getrödelt habe, bin ich mal wieder zu früh da. Nervös stehe ich vor unserem ehemaligen Stammcafé. Es befindet sich in der Nähe der Universität und wird hauptsächlich von Studenten besucht. THE COZY CAT steht in dicken, grünen Buchstaben auf dem Schild, das über der Tür hängt. Seit Sarah und ich nicht mehr miteinander reden, bin ich nicht mehr hier gewesen. Es ist irgendwie beruhigend, dass hier noch alles aussieht wie vor einem Jahr. Dasselbe teils abgeblätterte Schild und im Fenster dieselben schweren, dunkelgrünen Vorhänge. Der Außenbereich des Cafés – wenn man das so nennen kann – besteht aus drei Klappstühlen aus Metall und dazu passenden Tischen, auf denen jeweils ein Aschenbecher steht. Immer wieder hole ich mein Handy aus der Jackentasche und schaue auf die Uhr. Vielleicht taucht sie gar nicht erst auf. Wird sie dann wenigstens absagen? Oder wird sie mich hier einfach stehen lassen, bis ich irgendwann keine Lust mehr aufs Warten habe? Und falls sie kommt, wie wird es werden? Hoffentlich werden wir uns nicht nur anschweigen. Es gibt kaum etwas Schlimmeres als betretenes Schweigen. „Hey, Vic", höre ich eine leise, zittrige Stimme hinter mir sagen.

Ich drehe mich um und da steht sie vor mir. Sie hat sich im letzten Jahr verändert. Das eigentlich sehr schöne Braun ihrer Haare hat sie gegen ein fast weißes Blond getauscht. Wären wir noch befreundet gewesen, als sie diese Entscheidung getroffen hat, hätte ich versucht, ihr das auszureden. Außerdem ist sie ungeschminkt und sieht irgendwie ausgelaugt aus. Habe ich sie schon jemals ungeschminkt gesehen? Ich erwidere ihre Begrüßung mit einem knappen Hi und bin mit einem Mal wieder total nervös. Soll ich sie umarmen? Doch bevor ich richtig darüber nachdenken kann, kommt sie auf mich zu und schließt mich in die Arme. So stehen wir einige Minuten vor der Tür vom THE COZY CAT. Wie ich das vermisst habe. Auch wenn ich damals meine Gründe dafür hatte, unsere Freundschaft zu beenden, merke ich jetzt, wie sehr ich sie vermisst habe. „Wollen wir reingehen?", frage ich, als wir die Umarmung lösen. Sie nickt, ich halte ihr die Tür auf und schon sind wir drin. Das THE COZY CAT ist, wie der Name schon ahnen lässt, sehr gemütlich eingerichtet. Es gibt diverse bunte Sofas und Sitzsäcke, die in Gruppen angeordnet sind. In der Mitte einer solchen Sitzgruppe steht jeweils ein niedriger Tisch aus Holz. Amerikanisches Nussbaumholz, wie ich mir vom Besitzer mal habe sagen lassen. Die Tischplatten bestehen aus buntem Glas. An den Wänden hängen und stehen Regale, die mit den verschiedensten Büchern gefüllt sind. Hier findet man alles, was das Herz begehrt. Von Shakespeare über Oscar Wilde bis hin zu Autoren der heutigen Zeit. Und an der Decke hängt ein viel zu großer Kronleuchter. Als könnten wir die Gedanken der jeweils anderen lesen, steuern wir beide unseren ehemaligen Lieblingsplatz an. Eine Sitzgruppe an der dem Eingang gegenüberliegenden Wand. Von dort aus hat man das ganze Café im Blick. Früher saßen wir hier und haben beobachtet, wer das Café betrat. Und wie Frauen so sind, haben wir jeden einzelnen Besucher kommentiert und bewertet. Wir setzen uns und lächeln uns dabei an. Ob sie auch an frühere Besuche denken muss? Heute ist hier nicht viel los. Die Semesterferien haben vor drei Tagen begonnen und eigentlich ist es draußen auch viel zu schön, um in einem Café zu sitzen. Aber zurzeit ist das Wetter total wechselhaft. In einem Moment strahlt die Sonne und man spürt den bevorstehenden Frühling und im nächsten Moment ist es kalt und regnet, so dass man denkt, der Herbst bricht jeden Moment an. Außerdem bin ich der Meinung, dass es der perfekte Ort für dieses Treffen ist. Wir legen unsere Sachen ab und gehen zurück zur Theke. Im THE COZY CAT herrscht ausschließlich Selbstbedienung. Ich bestelle mir bei der sehr gelangweilten Dame hinter der Theke einen Kamillentee und Sarah nimmt einen großen Cappuccino mit Sojamilch. Nachdem wir bezahlt und unsere Bestellung entgegengenommen haben, gehen wir zurück an unseren Tisch. Dort rühren wir beide in unseren Getränken. So ganz wohl fühle ich mich auf einmal nicht mehr. Ich kann es mir auch nicht richtig erklären. Ich habe mich sehr auf das Treffen gefreut. Aber jetzt schlägt die Nervosität, die ich den ganzen Tag empfunden habe, in starkes Unbehagen um. Wahrscheinlich mache ich mir auch einfach wieder einmal zu viel Sorgen. Ich weiß nicht, was der heutige Tag bringen wird und das gefällt mir gar nicht, es verunsichert mich. Aber es scheint, als sei auch sie etwas unsicher. Mit ihrem Zeigefinger streicht sie immer wieder am Rand ihrer Kaffeetasse entlang. Ich kann sehen, dass ihre sonst so schön manikürten Nägel kurz und abgekaut sind. Komm schon, Vic, du musst irgendetwas sagen. Sonst passiert genau das, was du nicht haben wolltest. „Wie geht's dir so?", bringe ich wenig kreativ hervor. Ernsthaft? Wie geht's dir so? Da hättest du auch einfach nichts sagen können. „Ganz gut und dir?", antwortet sie mir, ebenfalls wenig kreativ. Ich antworte ihr, dass es mir auch gut geht und schon ist das unangenehme Schweigen wieder da. Ich nehme einen Schluck Tee. Dieser ist aber noch so heiß, dass ich die Tasse sofort wieder abstelle. Toll, schon wieder die Lippe verbrannt. „Du siehst anders aus", sagt Sarah mit einem undefinierbaren Unterton auf einmal in die Stille hinein. Da hat sie recht. Auch meine Haare haben im letzten Jahr die Farbe gewechselt. Früher hatte ich nahezu immer blonde Strähnen im Haar. Aber seit ein paar Monaten trage ich wieder meine Naturhaarfarbe – hellbraun. Auch in der Länge haben sie sich verändert. Letztes Jahr gingen sie mir noch bis zur Hüfte. Jetzt sind sie nur noch schulterlang. „Ja, mir war irgendwie danach. Du hast dich aber auch verändert", sage ich und deute auf ihre Haare. Sie erzählt mir, dass es ein spontaner Entschluss aus einer Laune heraus gewesen sei und es bisher bei allen – Familie, Freundinnen und Freunden – sehr gut ankomme. Dass ich das nicht so sehe, sage ich ihr lieber nicht. Noch nicht. Sonst kann ich das Ganze hier auch gleich abbrechen. Uns über äußerliche Veränderungen zu unterhalten, scheint den Knoten gelöst zu haben. Sie erzählt mir von Renovierungen, die sie im letzten Jahr in ihrer Wohnung vorgenommen hat. Die Wände in sämtlichen Zimmern wurden gestrichen, aus Flieder wurde Zitronengelb. Die Böden wurden neu verlegt und ein komplett neues Badezimmer gab es wohl auch noch. Ich habe ganz vergessen, wie leicht es ist, sich mit ihr zu unterhalten. Sie redet so gerne, dass man selbst nicht viel zu einer Unterhaltung beitragen muss. Während sie also spricht, trinke ich immer mal wieder etwas Tee, der mittlerweile zum Glück auf eine angenehme Temperatur abgekühlt ist und werfe an den richtigen Stellen Kommentare oder Fragen ein, um ihren Redefluss aufrechtzuerhalten. Aber wie das so ist, wenn man Tee trinkt – früher oder später muss man mal für kleine Mädchen. „Ich gehe mal kurz zur Toilette", sage ich, erhebe mich und gehe die schmale Wendeltreppe, wo sich die Sanitäranlagen befinden, hinunter. „Eigentlich läuft es doch ganz gut", denke ich, während ich mir die Hände wasche und sie mir anschließend mit dem daneben befindlichen Heißluftgebläse trockne. Wenn ich daran denke, wie nervös ich vor dem Treffen mit ihr war, komme ich mir albern vor. Immerhin habe ich unsere Freundschaft damals beendet und ihr Dinge an den Kopf geworfen, die man besser nicht sagen sollte. Zugegeben, komplett unschuldig war sie daran nicht. Aber es scheint so, als spiele das für sie keine Rolle mehr. Auf dem Weg zurück zu unserem Tisch bemerke ich ein Lächeln auf meinen Lippen und ich bin mir sicher, dass unsere Freundschaft heute eine zweite Chance bekommen wird. Kaum habe ich mich wieder gesetzt, fängt sie auch schon wieder zu reden an. Hauptsächlich echauffiert sie sich darüber, dass ihre Schwester sie immer für Aufgaben einspannt, die sie selbst nicht erledigen möchte. Wie schon so oft in der Vergangenheit, höre ich ihr geduldig zu und werfe an den entsprechenden Stellen ein, dass sie ihrer Schwester eben mal die Meinung sagen soll. Wenn ihre Schwester nicht weiß, wie sehr sie das nervt, wie soll sie dann etwas ändern? Und wie heißt es so schön – sprechenden Menschen kann geholfen werden. Während sie in ihrem Redefluss kaum zu stoppen ist, nehme ich einen großen Schluck von meinem mittlerweile kalten Kamillentee. Wir unterhalten uns noch eine Weile und ich muss zugeben, dass ich froh bin, dass unser Zerwürfnis nicht zur Sprache kommt. Irgendwann werden wir darüber reden müssen. Aber nicht heute! Mit einem Mal wird mir ganz schummrig. Ich blinzle ein paar Mal, um wieder etwas klarer im Kopf zu werden. Doch es hilft nichts. Dieses verwaschene Gefühl bleibt, mir wird heiß und kalt gleichzeitig. „Ist alles in Ordnung?", fragt Sarah. Ich höre sie wie durch Watte gefiltert. Ich merke, wie ich leicht panisch werde und schüttle den Kopf, was den Schwindel nur noch zu verstärken scheint. „Wo kommt das auf einmal her?", frage ich mich. Gut, ich habe den ganzen Tag vor lauter Aufregung kaum etwas gegessen. Vielleicht meldet sich jetzt mein Kreislauf. Sarah bietet mir an, mich nach Hause zu fahren und ich nehme dankend an. Beim Hinausgehen stütze ich mich an ihr ab, die Bewegung macht mich für einen kurzen Moment etwas klarer. Zum Glück parkt sie nicht weit entfernt vom Café. Ich setze mich auf den Beifahrersitz ihres roten Mercedes-Benz CLK und sie schließt die Tür. Kurz darauf sitzt sie neben mir und lässt den Motor an. Ich bin mittlerweile wieder so schläfrig, dass ich die Augen schließe und den Kopf gegen die kühle Fensterscheibe lehne. „Zu Hause mache ich mir sofort etwas zu essen", denke ich. Dieser Gedanke ist das Letzte, woran ich mich erinnere, bevor ich vollends das Bewusstsein verliere.

14.

Ich friere, habe rasende Kopfschmerzen und bin wie benebelt. Es fühlt sich an, als würde jemand mit einem Hammer in regelmäßigen Abständen gegen meinen Schädel schlagen. Ich möchte mir die Schläfe reiben, kann aber meine Arme nicht bewegen. Ganz langsam lichtet sich der Nebel in meinem Kopf und ich merke, dass ich auch meine Beine nicht bewegen kann. Ich kann meine Gliedmaßen zwar spüren, sie aber nicht bewegen. Als wären sie fixiert. Ich schlage die Augen auf und sehe gar nichts. Wo auch immer ich mich befinde, es ist stockdunkel und stinkt widerwärtig. Nach Exkrementen und ungewaschenen Menschen.

Ich bin nicht allein. Ich höre leises Stöhnen, das von mehr als einer Person zu kommen scheint, und metallisches Klirren. „Wo bin ich?", frage ich mich, „was ist passiert?" Das Letzte, woran ich mich erinnern kann, ist, dass ich mit Sarah im THE COZY CAT war. Wir haben Tee und Kaffee getrunken, uns unterhalten. Dann wurde mir mit einem Mal total schwindlig und Sarah wollte mich nach Hause fahren. Ich saß bei ihr im Auto. Aber was ist dann passiert? Und wo ... wo ist Sarah? Verzweifelt versuche ich, mich daran zu erinnern, was zwischen dem Besuch im Café und jetzt passiert ist.

Aber ich kann mich beim besten Willen nicht daran erinnern.

Ein leises, fragendes „Hallo?" kommt mir über die Lippen. Ich kann hören, wie mehrere Menschen Laute von sich geben. Aber ich kann kein einziges Wort verstehen.

Bevor ich noch etwas sagen oder einen weiteren Gedanken fassen kann, höre ich, wie eine Tür sich öffnet und anschließend wieder ins Schloss fällt. Kurz darauf werde ich von gleißend hellem Licht geblendet. Erschrocken kneife ich die Augen zusammen. Die plötzliche Helligkeit schmerzt. Ich lasse sie einen Moment geschlossen, bevor ich sie langsam wieder öffne und auf eine Wand aus Stein schaue. Kein künstlicher Stein, es sieht eher aus wie die Wand eines Berges oder Felsens, vielleicht eine Höhle. Links und rechts von mir steht jeweils ein großer Standstrahler – so wie man sie auf Baustellen benutzt. An der Decke kann ich ein Gerät ausmachen. Es sieht aus wie eine Klimaanlage. Von dort aus führt ein dickes Rohr über die Wand nach unten und mündet in einen ziemlich großen Tank. Dieser trägt die Aufschrift **OXYGEN**. Ich muss ein paar Mal blinzeln, bevor meine Augen sich halbwegs an das Licht gewöhnt haben. Ich blicke an mir hinunter und kann kaum glauben, was ich sehe. Sowohl meine Arme als auch meine Beine sind an die Armlehnen und Beine eines Stuhls gefesselt. Kein herkömmlicher Stuhl. Er ist aus massivem Holz und wirkt eher wie ein Thron. Ich kann sehen, dass meine Handgelenke mit einem dicken Seil befestigt sind. Meine Fußgelenke kann ich zwar nicht sehen, aber sie sind bestimmt auf die gleiche Weise festgebunden. Außerdem bin ich bis auf meine Unterwäsche komplett nackt. Ich spüre Panik in mir aufsteigen und versuche, meine Arme und Beine von den Fesseln zu befreien. Das Seil verrutscht zwar ein klein wenig, aber alles, was mir die Bewegung einbringt, sind rote Striemen auf der Haut. Was zur Hölle ist hier los? „Na, wer ist denn da endlich wach geworden?", höre ich jemanden hinter mir sagen. Es läuft mir eiskalt den Rücken runter und ich merke, wie sich auf meinem ganzen Körper eine Gänsehaut bildet. Ich kenne diese Stimme. Mein Herz rast so sehr, dass es weh tut. Ich kneife die Augen zusammen und bete, dass ich mir das alles nur einbilde. Dass ich nur träume. Als ich die Augen wieder öffne, sehe ich das Gesicht zu der Stimme vor mir und mir gefriert schlagartig das Blut in den Adern. Mike! Ich schließe meine Augen und öffne sie erneut, in der Hoffnung, dass sein Gesicht dann wieder verschwunden ist. Aber er ist immer noch da. Er sieht irgendwie anders, aber dennoch gleich aus. Seine Haare sind länger und hängen ihm über die Ohren. Sein Gesicht wirkt ausgezehrt. Seine Augen blicken gehetzt und irre drein. Er trägt zerschlissene graue Jeans und ein schwarzes Shirt. Er lächelt mich an. „Wurde auch langsam Zeit, Schlafmütze. Du hast uns lange genug warten lassen", sagt er mit einem so irren Ausdruck in den Augen, dass meine Panik noch größer wird. „Uns?", schießt es mir durch den Kopf. Wen meint er damit? Noch bevor ich den Gedanken zu Ende gebracht habe, fange ich an, mich zu drehen. Der Stuhl, auf dem ich festgebunden bin, scheint auf einer Art Plattform zu stehen, die sich in Bewegung gesetzt hat. Nachdem ich auf die andere Seite gedreht worden bin, wird mir klar, wen er mit „uns" meint. Ich kann nicht glauben, was ich vor mir sehe. Mir entfährt ein gequältes Stöhnen und Tränen schießen mir in die Augen. An der Wand vor mir stehen all die Menschen, die ich liebe. Meine Mutter, mein Vater, Sven, Michelle und … Sarah! Auch sie sind alle bis auf die Unterwäsche entkleidet worden. Im Gegensatz zu mir sind sie stehend an die Wand gefesselt. Über ihren Köpfen und auf Höhe der Fußgelenke kommen Metallstreben aus der Wand, an denen Ketten festgemacht sind. Diese Ketten wiederum sind an ihren Hand- und Fußgelenken befestigt. Und jeder Einzelne von ihnen ist mit einem Seil geknebelt. Wie lange sie wohl schon so dastehen? Sie sehen alle verängstigt aus, wirken schmutzig und ich kann sehen, dass Sarahs Make-up verschmiert ist. „Du fragst dich bestimmt, was das hier soll und wie du hierhergekommen bist", beginnt Mike zu sprechen. Ich bin nicht fähig, irgendetwas darauf zu erwidern. Abwechselnd starre ich die Menschen an der Wand vor mir an und merke, wie meine Augen sich mit Tränen füllen. Wieso sie? Was hat er mit uns vor? „Ich werde es dir erklären. Als du mich verlassen hast, hat sich mein komplettes Leben geändert. Nichts hat mehr einen Sinn ergeben. Du warst mein Mittelpunkt. Ich habe dich geliebt, wie ich noch nie zuvor eine Frau geliebt habe und auf einmal warst du nicht mehr da. Du bist einfach aus meinem Leben gegangen. Ich wollte mit dir reden, es dir erklären, aber du warst so stur. Dabei hatte ich dir gesagt, dass die anderen Frauen nichts zu bedeuten hatten. Menschen machen Fehler und genau das war es. Ein Fehler, nichts von Bedeutung. Du hast mich ignoriert, wolltest nicht mehr mit mir reden. Aber ich wollte, nein, ich musste in deiner Nähe sein. Also habe ich angefangen, dich zu beobachten." Hatte ich es mir also doch nicht eingebildet. „Du bist nicht mehr zum Sport gegangen. Ich hatte gehofft, dich dort weiterhin zu sehen. Auch sonst hast du deine Wohnung nicht wirklich oft verlassen. Also blieben mir nur wenige Möglichkeiten. Ich habe dich bei dir zu Hause und auf dem Weg zur Arbeit beobachtet. Aber irgendwann war es nicht mehr genug, dich nur aus der Ferne zu sehen. Ich brauche dich in meinem Leben! Ich habe versucht zu verstehen, was zwischen uns falsch gelaufen ist. Wie es so weit kommen konnte. Und immer, wenn ich darüber nachgedacht habe, kam ich zu dem gleichen Ergebnis. Es gibt einfach zu viele Ablenkungen. Leute, die sich immer wieder zwischen uns gestellt haben. Die deine Zeit in Anspruch genommen haben. Die verhindert haben, dass wir zwei zusammen sind." Ich blicke ihn verwirrt und verständnislos an. Niemand hat mich jemals davon abgehalten, ihn zu sehen! Ob ich mich mit ihm oder anderen traf, war allein meine Entscheidung. Er redet weiter, als wäre niemand außer uns beiden hier.

Als würde er mir nicht gerade erklären, warum er mich und meine Familie entführt hat und uns gefangen hält. „Und so bin ich zu einer Lösung gekommen. Der einzige Weg, wie wir wieder zusammen sein können. Wie ich es schaffen kann, nie wieder Fehler zu begehen. Wie ich für dich ein besserer Mann werden kann. Wie wir da weitermachen können, wo wir aufgehört haben. Wenn niemand mehr da ist, der deine Zeit in Anspruch nehmen kann, wird zwischen uns beiden alles wieder, wie es war." Wie meint er das? Wenn niemand mehr da ist? Schlagartig meldet sich mein Verstand und ich merke, wie rasende Wut in mir aufsteigt. Das scheint er zu bemerken. Er kommt näher zu mir und flüstert mir beschwichtigend ins Ohr: „Kein Grund, wütend zu werden. Du wirst es verstehen und du wirst dankbar sein für das Opfer, das ich bereit bin, für uns zu bringen. Sobald alles erledigt ist, werden wir so glücklich sein, wie wir es waren. Noch glücklicher sogar." Während er das zu mir sagt, streicht er mir eine Haarsträhne hinters Ohr. Ich schüttle den Kopf, versuche, mich seiner Berührung zu entziehen. „Glücklich sein?", schreie ich ihm entgegen und bin überrascht über die Lautstärke meiner Worte. „Ich war glücklich, bis du beschlossen hast, eine andere zu ficken und mich zu schlagen! Glaubst du wirklich, dass ich glücklich sein könnte, wenn du mir, meiner Familie und Sarah das hier antust?" Verwirrt sieht er mich an: „Aber ich tue dir doch nichts an. Ich tue dir etwas Gutes. Ich tue uns etwas Gutes. Ich gebe uns eine zweite Chance und befreie dich nebenbei von Menschen, die dir nicht gut tun." Er sagt das in einem so ruhigen Ton, als würde er mir erzählen, wie das Wetter draußen ist. „Mike, bitte, das ist doch Wahnsinn. Lass sie bitte gehen. Sie haben nichts falsch gemacht. Wenn du sie gehen lässt, verspreche ich dir, dass ich bei dir bleiben werde. Nur bitte lass sie gehen", flehe ich ihn an. „Das kann ich nicht tun. Solange sie da sind, werden sie immer deine Zeit in Anspruch nehmen. Sie haben dich mir weggenommen. Ob beabsichtigt oder nicht, spielt dabei keine Rolle. Das ist es, was sie falsch gemacht haben. Jeder Einzelne von ihnen. Und dafür muss ich sie bestrafen." Ich flehe, ich bettle, ich verspreche ihm, dass ich sie nie wieder sehen werde, wenn er sie nur gehen lässt. Aber es nützt nichts. In einem Akt purer Verzweiflung schreie ich aus aller Kraft nach Hilfe. Immer und immer wieder schreie ich so laut ich kann. Ich verstumme, als ich bemerke, dass Mike angefangen hat zu lachen. „Es wird dich niemand hören. Wir sind hier komplett von der Außenwelt abgeschnitten. Zudem ist dieser Raum schalldicht und liegt unter der Erde. Ach und noch etwas. Solltest du dich fragen, wie das alles hier passieren konnte, wie du hierhergekommen bist – das soll dir am besten Sarah erklären“, sagt er und grinst Sarah triumphierend an. Langsam geht er zu ihr hinüber und nimmt ihr den Knebel aus dem Mund. Ich verstehe nicht. Was soll Sarah denn damit zu tun haben? „Na los. Erzähle ihr, wie sie hierhergekommen ist. Ich bin sicher, dass sie das brennend interessiert.“ Ich sehe Sarah fragend an, sie weicht meinem Blick aus. Dann kommt mir ein Gedanke. Mir war im Café so plötzlich schwindelig gewesen und ich habe das Bewusstsein verloren. Waren das gar keine Kreislaufprobleme? Was hat Sarah getan? „Sarah? Was meint er damit?“, frage ich mit brüchiger Stimme. Sie weicht meinem Blick noch immer aus und ich merke, dass ihr Tränen über die Wangen laufen. „Wenn Sarah nicht antwortet, tue ich es eben“, fängt Mike an zu sprechen und klatscht einmal laut in die Hände, um sicherzustellen, dass er unser aller Aufmerksamkeit hat. „Die liebe Sarah, deine tolle beste Freundin, hat dir was in deinen Tee geschüttet. Glaubst du wirklich, dass es nur ein schöner Zufall war, dass sie sich wieder bei dir gemeldet hat? Tut mir leid für dich, aber das war es nicht.“ Mit diesem Satz dreht er sich um, lacht und verschwindet durch eine Feuerschutztür, die links von mir in die Wand eingelassen ist, nach draußen.

„Sarah, rede mit mir! Stimmt das, was er sagt? Hast du mir echt was in den Tee getan? Mich betäubt?“, schreie ich ihr die Fragen entgegen, die mir durch den Kopf rasen. Doch die einzige Antwort, die ich erhalte, ist eisernes Schweigen. Sie kann mich nicht einmal ansehen. Ich bin nicht die Einzige, die auf eine Antwort wartet. Ich sehe, dass meine Eltern und meine Geschwister Sarah ebenfalls ansehen. Ich wende meinen Blick von

Sarah und richte ihn auf meine Familie. Es ist eine Weile her, dass ich sie zuletzt gesehen habe. In den letzten Wochen bin ich nicht einmal mehr ans Telefon gegangen, wenn mich einer von ihnen angerufen hat. Ich kann gar nicht genau sagen, warum. Sie jetzt so zu sehen, bricht mir das Herz. Es scheint, als seien sie schon mehrere Tage hier gefangen. Ihre Gesichter sind eingefallen, ihre Körper wirken irgendwie abgemagert. Ihre Augen sind leer und von längst getrockneten Tränen geschwollen. Die langen Haare meiner Mutter und meiner Schwester hängen fettig herunter. „Mama, Papa, Michelle, Sven … es tut mir so leid." Ich fange an, hemmungslos zu weinen. „Ich hätte ihn niemals in mein Leben lassen dürfen. Ich hätte ihn nie in eure Leben lassen dürfen", bringe ich hervor, werde dabei jedoch immer wieder von Schluchzern unterbrochen. Mein Vater möchte mir etwas sagen. Doch durch den Knebel kann ich es nicht verstehen. Aber in seinem Blick sehe ich, dass er mir keinen Vorwurf macht. Keiner von ihnen tut das. Das kann ich in ihren Gesichtern erkennen. Dennoch fühle ich mich so schuldig. Hätte ich bemerken müssen, dass Mike etwas plant? Hätte ich das hier verhindern können? Vielleicht wenn ich nicht so blind gewesen wäre. Blind vor Trauer und Wut über alles, was im vergangenen Jahr passiert ist. Und vor Freude. Freude darüber, dass Sarah sich bei mir gemeldet hat. Mein Blick gleitet wieder zurück zu ihr und ich sehe, dass sie mich anstarrt. „Es tut mir leid, Vic", sagt sie. „Wieso, Sarah? Ich verstehe das nicht. Wenn du noch sauer auf mich warst, wieso hast du mich dann angerufen? Wieso, wenn es dir nicht um unsere Freundschaft ging?", frage ich sie. Ich bin mir fast sicher, dass sie nicht weiter darauf eingehen wird. Daher bin ich überrascht, als sie wieder zu sprechen beginnt. „Ich hatte keine Wahl. Er hat mich erpresst." Womit hätte er Sarah denn erpressen können? Die beiden kannten sich doch gar nicht. Ich schaue sie fragend an und sie erzählt weiter" „Du hast nie nachgefragt, warum ich ihn nicht leiden kann. Warum ich mir so sicher war, dass er nicht gut für dich ist. Mike und ich kannten uns schon, bevor ihr zwei euch kennen gelernt habt. Wir hatten mal was miteinander. Nicht lange, bevor ihr zusammen gekommen seid. Ein paar Treffen, nichts Ernstes. Nur dass er mir damals erzählt hat, dass er Thorsten heißt. Deshalb konnte ich keinen Zusammenhang herstellen, als du mir das erste Mal von Mike erzählt hast. Und dann zeigst du mir dieses Profilbild und ich dachte nur FUCK! Ich habe das Ganze mit ihm nach ein paar Wochen beendet, weil er immer merkwürdiger wurde. Er hat plötzlich angefangen, mich zu kontrollieren. Was ich damals jedoch nicht wusste – er hat in der ganzen Zeit Videos von uns gemacht. Sexvideos. Er hat gedroht, diese Videos zu veröffentlichen, wenn ich ihm nicht helfe. Das konnte ich nicht zulassen. Und ich wusste doch nicht, dass er das hier vorhat. Er sagte mir, dass er lediglich mit dir reden möchte. Ihr hättet euch wegen einer Kleinigkeit getrennt und du seist so stur, dass du jeden seiner Versuche, mit dir zu reden, abgeblockt hättest. Ich sollte dich nur irgendwie zu ihm bringen. Damit er mit dir reden kann." Ist das ihr Ernst? Sie und Mike? Das kann und das will ich mir überhaupt nicht vorstellen. Und um ihren eigenen Ruf zu schützen und zu verhindern, dass ihr Leben kaputt geht, zerstört sie meines? Zerstört sie das meiner Familie? „Und dafür musstest du mich betäuben? Du hättest einfach mit mir reden können. Du hättest mit mir reden müssen. Du hättest mir verdammt nochmal sagen müssen, dass du ihn kennst und was damals zwischen euch vorgefallen ist!", sage ich, noch immer schockiert von dem, was ich gerade gehört habe. „Ich konnte nicht riskieren, dass du eventuell nicht mitkommst. Wenn irgendjemand diese Videos gesehen hätte … das hätte mich zerstört", versucht sie, mir verständlich zu machen, warum sie so gehandelt hat. „Und das hier tut es nicht? Das hier zerstört nicht nur dich! Es zerstört uns alle! Dich, meine Familie, mich. Du hättest damit zur Polizei gehen müssen. Dann hätte er dich nicht erpressen können! Dann hättest du uns das nicht antun müssen. War es das wert?" Sarah hat Glück, dass ich mich nicht rühren kann, ich könnte für nichts garantieren. „Ich konnte damit nicht zur Polizei gehen. Und das hier war nicht Teil des Plans. Er wollte nur mit dir reden", sagt sie und ich kann hören, dass sie komplett resigniert hat. Nicht Teil des

Plans. Wenn die Situation nicht so beschissen wäre, würde ich darüber lachen. Ich weiß nicht, was ich dazu noch sagen soll. Ich weiß nur, dass es in gewisser Weise tröstlich ist, dass sie das gleiche Schicksal ereilen wird wie mich und meine Familie. Mit einem Quietschen öffnet sich die Tür zu unserer elenden Bleibe wieder. Mike kommt herein und schiebt einen Servierwagen vor sich her. Es befinden sich mehrere Flaschen Wasser und diverse Teller mit Brotscheiben darauf. Wasser und Brot – wie klischeehaft. Mike blickt zuerst Sarah und dann mich an und grinst. „Wie ich sehe, hat Sarah ihr Gewissen erleichtert. Das hätte ich ihr gar nicht zugetraut. Immerhin kennst du nun ihr wahres Gesicht und kannst verstehen, warum ich nicht zulassen kann, dass sie weiterhin Teil deines Lebens ist", sagt er, während er beginnt, Teller und Flaschen vor die einzelnen Personen zu stellen. Auch zu meinen Füßen stellt er Brot und Wasser ab. Und streift im Vorbeigehen mein linkes Knie. Ich zucke unter seiner Berührung zusammen. „Sarah war gar nicht mehr Teil meines Lebens, bis du sie dazu gezwungen hast, mich zu dir zu bringen", antworte ich ihm. Keinerlei Reaktion. Entweder hat er mich nicht gehört oder er möchte einfach nicht antworten. Ich schaue auf die karge Mahlzeit zu meinen Füßen. „Und wie genau soll ich das essen?", frage ich ihn in verächtlichem Ton. Auch darauf geht er nicht ein. Im Gegenteil. In aller Seelenruhe schlendert er zu Sarah hinüber und fängt an, sie zu füttern und ihr die Flasche hinzuhalten, damit sie trinken kann. Das wiederholt er bei jedem Einzelnen. Ich kann sehen, wie sehr es ihnen widerstrebt, sich von ihm füttern zu lassen. Doch Hunger und Durst scheinen stärker zu sein als ihr Widerwille. Bevor er seine Fütterung bei mir fortsetzt, legt er Sarah den Knebel wieder an. Er hält mir ein Stückchen Brot hin, doch ich mache keine Anstalten, etwas zu essen. Mir ist schlecht, ich habe keinen Hunger und ich will mich nicht von ihm füttern lassen. Jedes Mal, wenn er einen neuen Versuch startet, drehe ich meinen Kopf weg und presse die Lippen aufeinander. Mein Benehmen macht ihn so wütend, dass er mir mit der flachen Hand ins Gesicht schlägt. „Du wirst mich noch anbetteln, dir etwas zu essen zu geben", schreit er mich an. Dann steht er auf, als wäre nichts gewesen, räumt sämtliche Teller und Flaschen zurück auf den Servierwagen und verlässt den Raum. Bevor er die Tür hinter sich schließt, betätigt er ein Tastenfeld an der Wand und auf einmal ist es wieder stockdunkel. Er schließt die Tür und verriegelt sie.

Da sitze ich wieder. Im Dunkeln. Jetzt, da ich die anderen nicht mehr sehen kann, fühle ich mich noch schlechter und einsamer als zuvor. Hin und wieder höre ich das sachte Klirren der Ketten, wenn sich einer von ihnen bewegt. Das ist allerdings auch schon alles, was ich außer meinem eigenen Atem höre. Ich schließe die Augen. Was hat er nur mit uns vor? Will er uns so lange hier festhalten, bis die Natur ihren Lauf nimmt und einer nach dem anderen stirbt? Oder wird er den natürlichen Ablauf beschleunigen indem er … uns … tötet? Werden wir jemals wieder die Chance bekommen, die Sonne zu sehen? Den Wind auf der Haut zu spüren? Als Familie zusammen zu sein? Wenn ich doch bloß den Kontakt zu ihnen nicht auf ein Minimum beschränkt hätte. Dann wäre mir vielleicht aufgefallen, dass etwas nicht stimmt. Dass sie verschwunden sind. Es fühlt sich an, als würde mein Kopf platzen, so viele Gedanken schwirren darin umher. Mit geschlossenen Augen lasse ich den Kopf auf die Brust sinken. Ich bin müde. Was auch immer Sarah mir in den Tee gekippt hat, ich spüre die Nachwirkungen noch immer. Ich verstehe immer noch nicht, wie sie das tun konnte. Ich war so naiv zu glauben, dass sie mich … dass sie unsere Freundschaft vermisst hat. Ich spüre, wie sich meine Enttäuschung über ihren Verrat in Wut verwandelt. „Ich hasse dich, Sarah. Das hier werde ich dir niemals verzeihen", sage ich, doch meine Stimme ist nur ein heiseres Flüstern. Sie scheint es dennoch mitbekommen zu haben. Ich kann hören, wie sie durch den Knebel etwas murmelt und anschließend schniefend die Nase hochzieht. Mir ist das alles zu viel. Mir laufen Tränen über die Wangen und von dort weiter auf mein Dekolleté. Obwohl meine Augen geschlossen sind, spüre ich, wie die Lider vor Müdigkeit immer schwerer werden. Sie jetzt nochmal zu heben, scheint mir unmöglich. Wozu auch? Ob geöffnet oder geschlossen – an der alles umgebenden Dunkelheit ändert sich ja doch nichts. Zusammengesunken sitze ich auf dem Thron der Gefangenen und warte darauf, dass mich der Schlaf übermannt.

15.

Ich sitze im THE COZY CAT. Ich sehe Sarah von der Theke auf mich zukommen. Sie lächelt mir zu und setzt sich auf den freien Platz mir gegenüber. Wir unterhalten uns und ich erzähle ihr etwas, das sie amüsiert. Lachend wirft sie sich die langen Haare über die Schulter. Ich trinke meinen Lieblingstee – Kamille. Zwischen uns steht ein Teller mit Haferkeksen, von dem ich mir einen nehme. Die Kekse sehen zwar superlecker aus, schmecken aber fade und sind total trocken. Mit einem Mal muss ich dringend zur Toilette. Meine Blase fühlt sich an, als würde sie jeden Moment platzen. Ich entschuldige mich bei ihr und gehe die Wendeltreppe hinunter in den Keller, wo sich die Toiletten befinden. Ich drücke die Klinke der Tür zur Damentoilette. Nichts passiert. Ich drücke sie erneut. Doch noch immer öffnet sich die Tür nicht. Wieso sollte die Tür abgeschlossen sein? Ich möchte nach oben gehen, um nach dem Schlüssel zu fragen. Doch als ich mich umdrehe, ist die Treppe verschwunden. Außer der Damentoilette sind sämtliche anderen Türen und Zimmer ebenfalls verschwunden. Ich bemerke Panik in mir aufsteigen. Ich muss so dringend auf Toilette! Hektisch drücke ich immer wieder die Türklinke hinunter. Ich schlage und trete dagegen. Irgendwann breche ich vor Verzweiflung zusammen und kann nicht verhindern, dass meine Blase sich entleert. Ich fühle, wie meine Hose nass und warm wird. Ich bin verzweifelt, erniedrigt und sitze weinend in meinem eigenen Urin.

16.

Am Rande meines Bewusstseins spüre ich etwas weiches Nasses meine Oberschenkel entlangfahren. Es ist auf ihnen, schiebt sich, so weit es geht, darunter und widmet sich mit quälender Langsamkeit der Innenseite meiner Schenkel. Je weiter es nach oben kommt, desto länger verharrt es an einer Stelle. Benommen komme ich zu mir. Als ich die Augen öffne, sehe ich Mike. Er kniet vor mir und hält einen Lappen in der Hand, mit dem er mir über die Schenkel fährt, neben ihm steht ein Eimer mit Seifenwasser. Ich zucke zusammen und versuche, mich irgendwie seiner Berührung zu entziehen, habe aber keine Chance. Meine Arme und Beine sind noch immer gefesselt und bewegen sich keinen Zentimeter. Mein ganzer Körper schreit danach, mich zu bewegen. Ihn davon abzuhalten, mich zu berühren. „Hör auf! Fass mich nicht an! Lass mich in Ruhe", schreie ich in völliger Verzweiflung. Er lässt sich durch mein Geschrei nicht beirren und macht in aller Ruhe weiter. „Ich muss das wegmachen. Es stinkt und du willst bestimmt nicht in deinem eigenen Urin sitzen müssen", sagt er in ruhigem, ja, fast fröhlichem Ton. „Außerdem", er legt den Kopf ein wenig in den Nacken, so dass er mir in die Augen sehen kann, „mochtest du es früher sehr, wenn ich dich hier berührt habe", sagt er, während er mit seinen Fingern über meine Vagina streicht. Ich schließe die Augen und versuche auszublenden, was gerade passiert. Doch das ist gar nicht so einfach. Als er mit meinen Oberschenkeln fertig ist, höre ich, wie er mit einer Schere Stoff zerschneidet. Noch bevor ich verstehe, was dieses Geräusch zu bedeuten hat, spüre ich, wie er mein Höschen unter mir wegzieht. Mit geschlossenen Augen fange ich an zu weinen. „Hör auf zu weinen. Wenn ich dich schon sauber mache, dann richtig. Also musst du aus diesem nassen Höschen raus", sagt er. So wie es hier riecht, macht er sich diese Mühe nicht bei all seinen Gefangenen. Wieder spüre ich den Lappen auf meiner Haut. Als Nächstes bemerke ich, wie er umständlich neuen Stoff unter mich schiebt. Dabei streift er immer wieder meine

Schamlippen und ich kann hören, wie ihm ein sachtes Stöhnen entweicht. Plötzlich sind seine Hände erst links und dann rechts an meiner Hüfte. Und dann sind sie auf einmal von meinem Körper verschwunden. „So ist es besser. Dann muss ich dich nächstes Mal nicht aus dem Stoff rausschneiden", sagt er und richtet sich vor mir auf. Jetzt, als seine Hände weg sind, kann ich meine Augen wieder öffnen. Er nimmt Lappen, Eimer und das zerschnittene Höschen und lässt mich wieder allein. Lässt uns wieder allein. Als ich an mir hinunterschaue, sehe ich, dass er mir ein Bikini-Höschen angezogen hat. Eines von denen, die an den Seiten zusammengebunden werden. Es dauert nicht lange, bis er wieder zurück ist. Er geht gezielt auf Michelle zu und beginnt damit, ihre Fußfesseln zu lösen. Als sie geöffnet sind, macht er dasselbe mit den Fesseln an ihren Handgelenken. Wie ein kleines Kind sackt sie über seiner Schulter zusammen. Sie gibt kein Wort von sich, macht keine Anstalten, sich gegen ihn zu wehren. Mit leerem Blick starrt sie vor sich hin. „Was machst du mit ihr? Wo bringst du sie hin?", schreie ich ihm hinterher, als er zusammen mit Michelle den Raum verlässt, doch er reagiert nicht. Ich weiß nicht, wo er sie hinbringt, aber nach einem Moment kommt er wieder zurück und schließt die Tür von außen zu. Wo geht er mit ihr hin? Und wieso ausgerechnet Michelle? Ich lausche, ob ich von draußen etwas hören kann. Aber nichts. Bis auf das leise Rasseln der Ketten ist es komplett still. Ich versuche mit aller Kraft, meine Fesseln irgendwie zu lösen. Oder sie zumindest so weit zu dehnen, dass ich meine Hände und Füße rausziehen kann. Doch sie bewegen sich kein bisschen. Keine Ahnung, wie lange es dauert, irgendwann kommt er wieder herein. Er ist komplett durchnässt. Seine Haare sind so nass, dass ihm noch immer Rinnsale über das Gesicht laufen. Das Wasser, das aus seiner Kleidung trieft, fängt an, eine Pfütze unter ihm zu bilden. Auf seinen Unterarmen kann ich rote Striemen erkennen. Sie sehen fast aus wie Kratzer. Während er auf mich zukommt, frage ich ihn erneut, was er mit Michelle gemacht hat. Aber anstatt zu antworten, packt er mein Gesicht mit beiden Händen und presst seine Lippen auf meine. Er drückt sie mit solcher Kraft auf meine, dass sie schmerzhaft gegen meine Zähne gepresst werden. Ich versuche, meinen Kopf zur Seite zu drehen, aber durch seine Hände ist er fixiert, als befände er sich in einem Schraubstock. Mir wird schlecht. Ich spüre, wie mein Magen sich verkrampft. Mike löst sich gerade in dem Moment von mir, als ich mich übergeben muss. Da ich mich durch die Fesseln nicht nach vorne beugen kann landet das Erbrochene auf mir. Ich kann förmlich sehen, wie er wütend wird. „Wieso tust du das? Jetzt muss ich dich wieder saubermachen." Genervt dreht er sich um und kommt mit dem Eimer zurück, den er das letzte Mal zum Waschen dabei hatte. Er kniet sich vor mich, zieht aus seiner Hosentasche ein neues, sauberes Bikini-Höschen und legt es neben sich auf den Boden. Er schneidet die Träger meines BHs durch und entfernt ihn. Ich kann sehen, dass er ihn in seine hintere Hosentasche steckt. Er mustert mich und streicht mit einem Zeigefinger seitlich an meiner rechten Brust entlang. Ich bemerke, wie sich sämtliche Härchen auf meinem Körper unter seiner Berührung aufstellen. Dann fängt er an, mich zu waschen. Diesmal ist er dabei nicht so sanft. In jeder einzelnen Berührung kann ich seine Wut spüren. In Dauerschleife frage ich ihn, wo Michelle ist, was er mit ihr gemacht hat. Doch er übergeht meine Fragen und fährt in seinem Tun fort. Als der Großteil des Erbrochenen beseitigt ist, bindet er die Knoten meines Höschens auf und zieht es unter mir weg. Als er meinen Intimbereich und meine Beine säubert, ist von seiner Wut nichts mehr zu spüren. Langsam und mit Hingabe wäscht er die letzten Verschmutzungen weg. Während er das tut, frage ich ihn unaufhörlich nach meiner Schwester. Als er fertig ist, hebt er das saubere Höschen vom Boden auf und schiebt es so unter mich, wie er es das letzte Mal gemacht hat, bevor er es an den Seiten zubindet. Ich höre wieder, wie ihm dabei ein leises Stöhnen entfährt. Er wirft den Lappen zurück in den Eimer und wendet sich zum Gehen. „Was ist mit meinem Oberteil?", frage ich ihn kraftlos. Er zieht den zerschnittenen BH aus seiner Tasche, mustert ihn und anschließend mich. Dabei ruht sein Blick zu lange auf meinen Brüsten. Er grinst und antwortet mir, dass ich ihm so viel besser gefalle. Anschließend verlässt er den Raum und schließt uns wieder darin ein. Obwohl er mich soeben gewaschen hat, fühle ich mich unglaublich schmutzig. Mir ist noch kälter als zuvor, jetzt als meine Brust unbekleidet ist. Ich sehe zu meiner Familie hinüber. Die Ketten, an denen Michelle noch vor ein paar Stunden angebunden gewesen ist, hängen leer und einsam hinunter. Mein Vater und mein Bruder haben die Augen geschlossen. Ein kurzer Blick nach links zeigt mir, dass auch Sarahs Augen geschlossen sind. Meine Mutter ist, neben mir, die Einzige, die ihre Augen geöffnet hat. Ihr Blick sucht den meinen. Ich möchte etwas sagen, weiß aber nicht, was. Ich hasse mich dafür, dass ich nichts sagen kann, was die Situation verbessern würde. Das ich absolut nichts tun kann. „Es tut mir alles so leid, Mama", ist alles, was ich hervorbringe. Sie sieht mich an. Mit ihrem Blick versucht sie, mir Mut zu machen, mir zu sagen, dass alles gut werden wird. Das liebe ich so an ihr. Ihren niemals endenden Optimismus. Solange ich sie kenne, hat sie sich immer geweigert, aufzugeben. Sie ist sich immer sicher, dass es für alles eine Lösung gibt. Und das am Ende alles gut sein wird. Quietschend öffnet sich die Feuertür und ein pfeifender, offensichtlich gut gelaunter Mike kommt wieder mit dem Servierwagen herein. Das Quietschen scheint meinen Vater und die anderen zu wecken, denn ihre Augen sind wieder geöffnet. Wie letztes Mal befinden sich auch dieses Mal Teller mit Brot und Wasserflaschen auf dem Wagen. Aber statt sechs Portionen sind es diesmal nur fünf. Der Vorgang ist derselbe wie letztes Mal. Er stellt Teller und Flasche vor jeden von uns hin und beginnt bei Sarah. Knebel raus, dann reicht er erst Brot und anschließend Wasser, bevor er den Knebel wieder anlegt. Während der kompletten Prozedur redet er kein Wort. Als Letzte bin ich dran. Er geht vor mir in die Hocke und greift nach dem Brot. Schwach schüttle ich den Kopf. Durch meine Gedanken hindurch fühle ich zwar, dass ich hungrig und durstig bin. Aber den Gedanken daran, mich von ihm füttern zu lassen, ertrage ich nicht. Der Durst jedoch … der macht mich schier wahnsinnig. Die Flasche zieht meinen Blick hypnotisch an, mein ganzer Körper scheint ausgedörrt. „Wasser", krächze ich. Er lächelt mich an, offenbar erfreut darüber, dass ich mich diesmal nicht weigere, etwas zu mir zu nehmen. Mike greift nach der Flasche. Sie ist aus Plastik und hat eine eingebaute Trinkvorrichtung, die mich an eine Schnabeltasse erinnert. Er steht auf und sagt mir, dass ich den Kopf etwas in den Nacken legen soll, dann legt er mir den Trinkaufsatz zwischen die Lippen. Ich kann den Kopf gerade so weit zurück lehnen, dass mir das Wasser durch den Mund die Kehle hinunterläuft. Keine Kohlensäure, dafür metallischer Geschmack. Es ist eiskalt und absolut wunderbar. Wie eine Süchtige fange ich an, die Flasche bis auf den letzten Tropfen zu leeren. Ich trinke viel zu viel und das zu schnell. Nachdem die Flasche leer und von meinen Lippen genommen ist, wird mir bewusst, was ich gerade getan habe. Das Wasser wird dazu führen, dass ich pinkeln muss. Und wenn ich es nicht halten kann … Beim Gedanken daran, wieder von ihm gewaschen zu werden, bekomme ich Angst. Ich versuche, ruhig zu atmen, um mir nichts anmerken zu lassen. Keine Ahnung, ob mir das gelingt. Falls nicht, lässt Mike sich nichts anmerken. In aller Ruhe stellt er die Flasche auf den Boden und reißt ein Stück Brot ab. Ich sehe seine Hand auf mich zukommen. Ich drehe den Kopf zur Seite, seine Hand folgt. Immer und immer wieder drehe ich den Kopf von seiner Hand weg. Plötzlich spüre ich seine andere Hand an meinem Kinn. Er hält meinen Kopf damit fest und verhindert so, dass ich ihn wegdrehe. Er drängt mir ein Stückchen Brot in den Mund. Aber anstatt es zu schlucken, spucke ich es ihm mitten ins Gesicht. Wütend sieht er mich an und wischt sich die Spucke ab. Ich kneife die Augen zusammen und befürchte, dass er mich wieder schlagen wird. Doch das tut er nicht. Im Gegenteil. Ohne etwas zu sagen, zieht er ein Foto aus seiner Hosentasche. Es scheint mit einer Polaroid-Kamera gemacht worden zu sein. Diese, die das Bild sofort drucken. Er sagt: „Du wolltest es unbedingt wissen", legt es mir auf die Oberschenkel und verlässt zusammen mit dem Servierwagen den Raum. Ich verstehe nicht, was er meint. Mein Blick gleitet nach unten und entfernt sich sofort wieder. Ich starre geradeaus und fixiere einen Punkt an der Wand, den ich gar nicht wirklich wahrnehme. Tränen schießen mir in die Augen und laufen mir die Wangen hinunter. Obwohl ich nur kurz gesehen habe, was das Foto zeigt, fühle ich wie ein Stück meines Herzens herausbricht. Ich will das Bild nicht sehen müssen. Am liebsten würde ich für den Rest meines Lebens diese Wand anstarren. Obwohl ich weiß, dass es nichts bringen wird, versuche ich. meine Beine so zu bewegen, dass das Bild herunterfällt. Aber weder meine Beine noch das Bild bewegen sich auch nur ein Stückchen. Nach einer Weile kann ich nicht anders – ich senke den Blick und fange augenblicklich am ganzen Körper zu zittern an. Für kurze Zeit verschwimmt mir das Bild vor Augen. Ich kann nichts anderes tun, als dazusitzen und zu weinen. Ich kann hören, wie meine Eltern und mein Bruder meine Aufmerksamkeit erregen wollen. Ich kann sie nicht ansehen. Ich habe Angst, dass sie mir ansehen, was auf dem Foto zu sehen ist. Michelle – dies wird das letzte Bild sein, das ich von ihr habe. Ich kann fühlen, wie es sich in mein Hirn brennt.

Sie liegt da, irgendwo auf dem Boden. Sie ist blass, ausgezehrt und komplett nackt. Die dreckige Unterwäsche, die sie getragen hat, wurde ihr ausgezogen. Ich kann ihre Rippen und ihre Schlüsselbeine deutlich unter der Haut erkennen. Aber das ist es nicht, was mir das Blut in den Adern gefrieren lässt. Sie ist nass, an ihren Haaren kann man das sehr deutlich sehen. Ihre Augen sind weit aufgerissen und blutunterlaufen. An ihrem Hals kann ich die Abdrücke von Fingern erkennen. Es sieht aus, als sei sie gewürgt worden. Dort, wo sich zwischen den Schlüsselbeinen eine Kuhle bildet, sehe ich kleine, sichelförmige Wunden. So wie Fingernägel sie hinterlassen, wenn sie sich mit aller Kraft in die Haut bohren. Als mein Gehirn die gesehenen Informationen verarbeitet hat, wird mir erneut schlecht, mein Magen krampft, aber es kommt nichts heraus. Jetzt bin ich fast froh, dass ich nichts gegessen habe. Mein Brustkorb zieht sich zusammen, während mir unaufhörlich Tränen über die Wangen laufen. Für einen kurzen Moment bekomme ich keine Luft mehr. Ich kneife die Augen zusammen, will vergessen, was ich soeben gesehen habe. Wieso sie? Wieso wir? Das Foto liegt schwer auf meinen Beinen, als würde es Tonnen wiegen. Gegen den Drang, meine Familie anzusehen, komme ich irgendwann nicht mehr an. Noch immer weinend, hebe ich den Kopf und sehe sie an. Ich kann sehen, dass auch sie geweint haben. Ihre Augen sind noch immer glasig. Ihre Tränen haben glänzend feuchte Spuren auf ihren Wangen hinterlassen. Als mein Blick den meiner Mutter kreuzt, kann ich sehen, wie etwas in ihr zerbricht. Wie ihr Optimismus etwas weniger wird. Lautlos bricht sie in Tränen aus. Bei meinem Vater und meinem Bruder ist es ebenso. Die Einzige, die das alles offenbar überhaupt nicht interessiert, ist Sarah. Sie sieht beinahe gelangweilt aus. Keine Tränen und auch sonst keinerlei Reaktion. „Ist dir das alles egal? Das hier ist deine Schuld! Alles, was mit Michelle passiert ist, ist deinetwegen geschehen", schreie ich ihr verzweifelt entgegen. Sie zuckt lediglich die Schultern. „Wie schaffst du das? Du kanntest sie doch auch. Wir haben früher zusammen mit ihr und ihren Puppen gespielt. Wir haben sie gemeinsam auf ihr erstes Date vorbereitet. Jetzt ist sie tot und dir ist das alles scheißegal." Mit jeder Sekunde wächst meine Verzweiflung. Als Sarah nichts dazu sagt, drohe ich, vollends den Verstand zu verlieren. Ich fange an zu schreien. Ich schreie und schreie, bis ich irgendwann erschöpft zusammensacke.

17.

Ich laufe einen langen Flur entlang. Am Ende dieses Flurs ist eine Tür in die Wand eingelassen. Außer dieser Tür ist der Gang vollkommen leer und unauffällig. Die Wände sind in einem dunklen Grün gestrichen, das Licht ist gedimmt. Als ich vor der Tür angekommen bin, klopfe ich zögerlich. Ich weiß nicht, was mich dahinter erwarten wird. „Komm rein", höre ich eine mir wohlvertraute Stimme sagen. Als ich den Raum betrete, sehe ich ein Badezimmer vor mir. Durch ein Fenster fällt helles Sonnenlicht in das Zimmer. Die Fliesen auf dem Boden und an den Wänden sind strahlend weiß. Badewanne, Toilette, Waschbecken – alles aus mintgrünem Keramik. Auch die Handtücher und Fußmatten sind mintgrün. „Hallo Schwesterchen", werde ich begrüßt. Mein Blick richtet sich auf die Wanne. Darin, unter einer Decke aus dichtem Schaum, sitzt eine junge Frau. Ihre langen braunen Haare sind zu einem lässigen Dutt hochgesteckt. Ihr Gesicht – zarte Züge, ähnlich denen einer Puppe – glänzt unter einer leichten Schweißschicht. Kein Wunder, hier drin ist es so heiß wie in einer Sauna. Als ich begreife, wen ich da vor mir sehe, zerreißt es mir das Herz. Meine kleine Schwester, mein Ein und Alles. Sie strahlt mich an und verdreht die Augen, als ich nichts sage. „Du kannst ruhig aufhören, mich anzustarren. Ich bin es wirklich. Live und in Farbe", sagt sie. Ihre Stimme ist tiefer, als man es aufgrund ihrer Statur erwarten würde. Mir war gar nicht bewusst, dass ich sie angestarrt habe. Ich löse mich aus meiner Starre und setze mich auf den Rand der Wanne. Geistesabwesend tauche ich meine Fingerspitzen in das Wasser und bewege sie darin. „Du warst ja schon immer etwas schweigsam", Michelle stößt ein kurzes Lachen aus, „aber so sprachlos wie jetzt habe ich dich noch nie erlebt." Ich weiß überhaupt nicht, was ich sagen soll. Das hier kann unmöglich sein. Ich bin eben noch in dieser Höhle gewesen und Michelle ist … tot. Mike hat sie umgebracht. „Was hat er mit dir gemacht?", frage ich sie mit Tränen in den Augen. Sie weicht meinem Blick aus und starrt auf das Wasser. „Das spielt keine Rolle", sagt sie mit hörbarer Verbitterung in der Stimme. „Doch das tut es, Michelle. Was ist passiert? Was hat er dir angetan?" Meine Stimme bricht. „Du willst es wissen? Das tust du doch bereits! Er hat es dir gezeigt", schreit sie mich an. Ich weiß nicht, was sie meint. Ich spüre, dass es stimmt, was sie sagt. Aber ich kann mich nicht erinnern. Als ich nicht antworte, seufzt sie, zuckt die Schultern und wiederholt, dass es keine Rolle spiele. Eine ganze Zeit lang schweigen wir uns an. Sie scheint in Gedanken versunken. Ich bin noch immer verwirrt. Wie kann es sein, dass sie hier vor mir sitzt? Dass sie mit mir redet? Dass sie lebt? Irgendwann dreht sie ihren Kopf zu mir. „Weißt du noch früher bei Oma? Wenn wir zusammen oder manchmal sogar zu dritt in der Badewanne

saßen? Wie wir Rennen mit unseren kleinen Plastikbooten ge-
fahren sind?", fragt Michelle und versucht, möglichst beiläufig zu
klingen. Klar erinnere ich mich daran. Die sogenannten Rennen
gingen ganze zehn Sekunden, weil in der Wanne nicht viel Platz
war. „Erinnerst du dich daran?" Ihre Frage klingt jetzt dringli-
cher, sie sieht mich an und wartet auf meine Antwort. „Natürlich erinnere ich mich daran. Sven wollte immer als Erster wieder
raus, weil ihm das Wasser zu kalt wurde und wir zwei kein neues heißes nachlaufen lassen wollten", antworte ich ihr und schenke ihr ein liebevolles Lächeln. „Wann haben wir das verloren?"
Sie blickt mich an und ich sehe, wie ihr eine Träne die Wange
hinunterläuft. „Nun ja, heutzutage wäre das ziemlich eng, wenn
wir drei uns eine Badewanne teilen würden", versuche ich einen
Scherz, halte aber sofort inne, als ich sehe, dass sie nun richtig zu
weinen begonnen hat. „Das meine ich nicht", sie wird etwas lauter, „ich meine, wann haben wir uns verloren? Wir drei – wir
waren früher unzertrennlich. Wenn es gewittert hat, dann haben wir nachts unser Bettzeug auf den Boden geworfen und eine
Höhle gebaut, in der wir dann geschlafen haben. Wir hatten In-
sider-Witze, geheime Treffpunkte und wir haben uns immer den
Rücken gestärkt. Wir waren auf eine Weise verbunden, die kein
Außenstehender je verstehen würde. Keiner von uns war je allein.
Auch wenn wir nicht zusammen waren. Und von jetzt auf gleich
war diese Verbindung nicht mehr da." Weinend sieht sie mich an.
Während sie redet, verdunkelt sich der Raum. Es scheint, als hätten sich Wolken vor die Sonne geschoben, die verhindern, dass
der Raum weiterhin hell erleuchtet wird. Ich rutsche auf dem
Rand der Wanner näher zu ihr und schließe sie in die Arme. Das
Wasser schwappt dabei über und durchnässt meine Kleider. Weinend halten wir uns in den Armen. „Ich weiß nicht, wann das
passiert ist. Ich wusste nicht, dass du das so empfindest – dass du
dich allein fühlst. Du weißt, dass ich dich immer geliebt habe und
dass ich dich immer lieb haben werde. Du bist doch meine kleine
Schwester. Du, unsere Familie – ihr seid mein Leben", schluchze ich an ihrer Schulter. Wir halten uns noch eine Weile weinend
in den Armen. Michelle löst sich von mir, verschränkt aber die

Finger unserer Hände miteinander. „Vic, ich habe Angst. Ich weiß nicht, was jetzt mit mir passieren wird. Ich will nicht wieder allein sein", sagt sie, während sie mich eindringlich ansieht. „Ich werde dich nie wieder allein lassen. Ich bin bei dir. Und das werde ich für immer sein. Egal, was passiert", sage ich. „Immer?", fragt sie mich und ich spüre, wie sie den Druck ihrer Hände verstärkt. Sie drückt meine Hände so sehr, dass es weh tut. „Ja, für immer", verspreche ich ihr. Ihr Griff wird stärker. Ich kann meine Hände kaum noch spüren. Ich schaue hinunter auf unsere verschränkten Finger. Dabei fällt mir auf, dass ihre Hände merkwürdig bleich sind. „Michelle du …", der Rest des Satzes bleibt mir im Halse stecken, als ich wieder nach oben schaue. Michelle sieht mich an. Nein, sie grinst mich an. Vor mir sitzt nicht das hübsche, unversehrte Mädchen, das meine Schwester einst war. Vor mir sitzt eine junge Frau. Bleich, blutunterlaufene Augen, an ihrem Hals kann man sehen, dass sie gewürgt wurde. „Dann für immer", brüllt sie mir entgegen, ihre Stimme noch sehr viel dunkler als gewöhnlich. Ich merke, wie sie versucht, mich ins Wasser zu ziehen. Ich möchte mich wehren, bin aber plötzlich wie gelähmt. Mein Gehirn schreit danach, mich gegen sie zu wehren. Aber mein Körper gehorcht nicht. Noch immer grinsend, zieht sie mich weiter in die Wanne und unter Wasser. Ich gerate in Panik. Meine Lungen schreien nach Sauerstoff. Noch immer gelähmt vor Angst, spüre ich, wie ich immer schwächer werde. Bevor meine Augen sich schließen, sehe ich ein letztes Mal die tote Fratze meiner kleinen Schwester.

18.

Panisch reiße ich die Augen auf. Ich bin schweißgebadet und spüre, wie mein Herz gegen meinen Brustkorb hämmert. Um mich herum ist alles dunkel. Ich versuche, das verstörende letzte Bild meiner Schwester abzuschütteln, es gelingt mir nicht. Ich blinzle, schüttle den Kopf. Doch egal, ob ich die Augen geschlossen oder geöffnet habe, ich sehe es ständig vor mir. Es verändert sich. Zuerst zeigt es sie, wie ich sie kenne – wunderschön, lebhaft und lebendig. Im nächsten Moment schauen mich tote Augen an, ihr Gesicht ist eingefallen und bleich. Und im darauffolgenden Moment ist sie wieder wunderschön. Ich lege den Kopf in den Nacken und starre in die Dunkelheit. „Es tut mir so leid, Michelle", denke ich, „einfach alles. Dass wir uns voneinander entfernt haben. Dass dir das hier widerfahren ist, dass ich dich nicht beschützt habe. Aber am meisten leid tut mir, dass ich dich allein lassen muss, dass ich jetzt nicht mit dir gehen kann." Wie so oft, seit ich hier bin, fange ich an zu weinen. Ich frage mich, wieso das ausgerechnet meiner Familie passiert und was ich tun kann, um den ganzen Horror zu beenden. Doch weder auf das eine noch auf das andere finde ich eine Antwort. Das Bild vor meinen Augen hat aufgehört, sich zu verändern. Meine wunderschöne Schwester sieht mich an. Indem sie sich die rechte Hand auf die linke Brust legt, ungefähr auf Höhe des Herzens, und mich sanft anlächelt, signalisiert sie mir, dass ich mir keine Sorgen machen soll. Dass alles in Ordnung ist und wir das alles irgendwie überstehen werden. Diese Geste haben wir schon als Kinder immer benutzt. Ich erwidere ihr Lächeln, doch wegen meiner Fesseln kann ich die Geste nicht erwidern. Michelle nickt, dreht sich um und verschwindet in Zeitlupe. So langsam, wie das Bild sich auflöst, erinnert es mich an eine Staubwolke, die allmählich verschwindet. Nun da Michelle endgültig fort ist, bin ich wieder umgeben von absoluter Dunkelheit. Es dauert nicht lange, bis die Panik, die der Traum ausgelöst hat, vergangen ist und mich starke Müdigkeit überkommt. Ich schließe die Augen und warte darauf, dass der Schlaf mich übermannt.

19.

Als ich wach werde, ist es in unserer kargen Unterkunft wieder strahlend hell. Ich schaue mich um. Mein Blick gleitet zu der Stelle, an der bis gestern noch meine Schwester gestanden hat. Die Gedanken an das, was passiert ist, kommen wieder hoch und drohen, mich zu zerreißen. Ich nehme den Blick von der Stelle, um den drohenden Zusammenbruch abzuwenden. Als ich merke, dass das nicht wirklich hilft, presse ich die Augen zusammen und atme tief ein und aus. Als ich mich wieder einigermaßen unter Kontrolle habe, öffne ich die Augen und schaue die restlichen Mitglieder meiner Familie an. Meine Eltern scheinen zu schlafen. Ihre Augen sind geschlossen und sie stehen komplett regungslos an der Wand. Ich kann sehen, wie ihre Brustkörbe sich sanft heben und senken. Svens Augen sind geöffnet und starren traurig vor sich hin. Mein Blick gleitet auch kurz zu Sarah. Ihr Kopf ist leicht zur Seite geneigt, ihre Augen blicken auf den Boden. Plötzlich überkommt mich ein ungutes Gefühl. Das Bild! Langsam senke ich den Kopf – es ist nicht mehr da. „Guten Morgen", höre ich Mike hinter mir sagen. Er ist mir so nah, dass ich seinen Atem warm an meinem Ohr spüre. Ich zucke zusammen. Er kommt langsam um mich herum, bis er letztendlich vor mir steht. „Gut geschlafen?", fragt er mich mit einem Lächeln im Gesicht. Ich wende demonstrativ den Kopf von ihm ab. Das scheint ihn zu belustigen. Ich kann hören, wie er versucht, sein Lachen zu unterdrücken. „Du bist so unglaublich stur. Wie ein bockiger Esel." Er beugt sich zu mir runter und stützt sich dabei auf meinen Oberschenkeln ab. Sein Gesichtsausdruck wird plötzlich düster und ernst: „Deine Sturheit hat uns schon viele Probleme beschert. Deiner Unnachgiebigkeit habt ihr alle das hier zu verdanken." Während er das sagt, richtet er sich wieder auf und macht mit seinem linken Arm eine Geste, die den gesamten Raum umfasst. Anschließend schaut er mich abwartend an. Ich weiß, dass er mich solange anblicken wird, bis ich ihm auf die Frage, wie ich denn geschlafen habe, antworte. Nichts widerstrebt mir mehr, aber seinen Blick ertrage ich keine Sekunde länger. Ohne ihn anzusehen, antworte ich ihm: „Ich habe beschissen geschlafen." „Das denke ich mir. Aber du musstest ja unbedingt wissen, was mit deiner Schwester passiert ist. Die Erinnerung daran wird vergehen und sobald das alles hier erledigt ist, wirst du wieder gut schlafen können." Als wolle er mich trösten, streicht er mir über die Haare. „Übrigens habe ich das Foto wieder an mich genommen", er tätschelt seine rechte Hosentasche, „ich bin mir sicher, dass du auf den erneuten Anblick verzichten kannst." Er dreht sich um und geht zur Tür. Er öffnet sie und holt, wie schon so oft, seit wir hier sind, den Servierwagen herein, auf dem sich unsere Mahlzeiten befinden. Im Gegensatz zu sonst kommt er als Erstes zu mir. Er hält mir ein Stück Brot hin. Ich schüttle den Kopf. „Erst Wasser", sage ich, mein Mund ist staubtrocken. Eigentlich möchte ich noch immer nichts essen. Aber so langsam komme ich gegen meinen quälenden Hunger nicht mehr an. Er setzt mir die Flasche an den Mund und ich trinke einige Schlucke. Anschließend hält er mir wieder das Stückchen Brot hin. Obwohl es mir widerstrebt, öffne ich den Mund und beginne zu kauen, sobald er es auf meine Zunge gelegt hat. Es ist gewöhnliches Weißbrot. Und dennoch ist es das Leckerste, was ich jemals gegessen habe. Ich kann die einzelnen Zutaten schmecken – den Weizen, die Hefe, Zucker, Öl und ganz am Rande sogar etwas Salz. Mein Körper giert nach dem restlichen Brot und Mike bereitet es sichtlich Freude, dass mein Appetit zurück zu sein scheint. Das lässt mich sofort innehalten. Der größte Hunger ist vorerst gestillt und ich möchte ihm keine Freude bereiten. „Ich … ich kann nicht mehr", stammle ich und schaue auf die halbe übrig gebliebene Scheibe Brot. „Ok, dein Magen wird sich erst wieder an die Nahrungsaufnahme gewöhnen müssen", sagt Mike. Sein Tonfall passt nicht zu seinem freudigen Gesichtsausdruck. Er klingt irgendwie distanziert. Er räumt meinen Teller zurück auf den Wagen und gibt mir nochmal zu trinken, bevor er damit beginnt, die anderen zu füttern. Als Letztes ist Sven an der Reihe. Kaum hat Mike den Knebel aus seinem Mund entfernt, da spuckt Sven Mike ins Gesicht. „Du Scheißpsychopath. Ein Weichei, das sich an

Frauen vergreift", krächzt Sven. Wortlos lässt Mike den Teller
fallen – er schlägt auf dem Boden auf und zerspringt in tausend
Teile. Dann holt er aus und schmettert Sven die Faust ins Gesicht. Er rastet komplett aus und traktiert ihn immer wieder mit
Schlägen. Ins Gesicht, in den Bauch – einfach überallhin. „Hör
auf. Lass ihn in Ruhe", schreie ich hysterisch vor Angst. Meine
Eltern sind ebenfalls rasend vor Wut. Sie reißen, erfolglos, an ihren Ketten und durch die Knebel höre ich erstickte Schreie. Auch
ich stemme mich gegen meine Fesseln – leider ebenfalls erfolglos. Sarah hat das Gesicht abgewendet und gibt sich übertrieben
unbeteiligt. Mike reagiert nicht, es scheint, als würde er nichts
und niemanden mehr wahrnehmen. Auf einmal lässt er von Sven
ab, sein Blick gleitet hinüber zu den Ketten, an denen bis vor
kurzem noch Michelle angekettet war. Sven ist kraftlos zusam-
mengesackt. Langsam schlendert Mike hinüber zu den Ketten
und beginnt, eine von ihnen abzumontieren. „Mike, bitte! Lass
ihn in Ruhe", flehe ich, als er mit der Kette über der Schulter
zurück zu Sven geht. Bevor er die Hand- und Fußfesseln von
Sven öffnet, verprügelt er ihn erneut. Als die Fesseln geöffnet
sind, fällt Sven kraftlos nach vorne. Unter Tränen bitte ich Mike,
meinen Bruder in Ruhe zu lassen. Doch ohne jegliche Reaktion
packt er die Kette an beiden Enden und geht auf den sich langsam aufrappelnden Sven zu. Wacklig kniet er auf allen vieren,
Mike in seinem Rücken. Von hinten schlingt Mike ihm die Kette um den Hals und zieht diese zu. „Hör auf! Bitte Mike, lass ihn
gehen. Bitte!", versuche ich erneut, ihn zum Aufhören zu bewegen. „Könnte ein Weichei sowas tun?", schreit er meinen Bruder an und zieht die Schlinge weiter zu. Sven versucht, seine Finger unter die Kette zu bekommen, scheitert jedoch. Kraftlos tritt
er nach Mike, ebenfalls ohne Erfolg. Je stärker Mike zieht, desto
stärker scheinen Svens Augen hervorzutreten. So sehr ich es versuche, ich kann meinen Blick nicht von dieser unwirklichen Szene nehmen. Mit jeder Sekunde entschwindet das Leben ein bisschen mehr aus dem Körper meines Bruders. Irgendwann starren
seine leblosen Augen mich an. Ich weiß nicht, wie lange das Ganze dauert, aber am Ende liegt der Körper meines Bruders leblos

am Boden, die Kette noch immer um den Hals geschlungen. Zufrieden grinsend steht Mike über ihm und keucht aufgrund der körperlichen Anstrengung. „Du Monster! Wieso? Wieso tust du das alles?" Diesmal scheinen meine Schreie ihn aus seiner Trance zu wecken. Ohne etwas zu sagen, stürmt er auf mich zu. Mit aller Gewalt presst er seine Lippen auf meine und drängt seine Zunge in meinen Mund. Seine Hände pressen meine Brüste zusammen. Es tut weh und ich kann spüren, wie seine Fingernägel sich in meine Haut bohren. Gefangen auf meinem Thron, versuche ich, mich seinen Berührungen zu entziehen. Plötzlich ist seine Hand an meiner Kehle. „Hör auf, dich zu wehren", knurrt er mich an und beim Klang seiner Stimme erstarre ich zu Eis. Eine seiner Hände gleitet von meiner Brust hinunter und unter mein Höschen. Grob und fordernd bahnen sich seine Finger ihren Weg zu meinen Schamlippen. Er beginnt zu stöhnen. Ich habe Angst vor dem, was als Nächstes passieren wird. Hilfesuchend schaue ich mich um und sehe die panischen Blicke meiner Eltern. Sofort richte ich meinen Blick gegen die Decke – ich möchte nicht, dass sie meine Angst sehen. Als Mikes Finger in mich eindringen, schreie ich verängstigt auf und kann nicht verhindern, dass mir Tränen über das Gesicht laufen. In schnellem, hartem Rhythmus zieht er seine Finger heraus und schiebt sie anschließend wieder hinein. Je schneller seine Finger werden, desto heftiger wird sein Stöhnen. Nach einer Weile verwandelt sein Stöhnen sich in einen regelrechten Schrei. So hat er sich schon immer angehört, wenn er beim Sex zum Höhepunkt gekommen ist. Kurz darauf sind seine Finger verschwunden. Noch immer verängstigt, schaue ich ihn wieder an. Er sieht zufrieden aus. Auf seiner Hose hat sich ein großer, feuchter Fleck gebildet. Bevor er sich ohne ein weiteres Wort umdreht, presst er ein letztes Mal seine Lippen auf meine. Dann geht er auf die Leiche zu. Er packt Sven an den Füßen und zieht ihn aus dem Raum. Der Schock über das eben Geschehene droht mir, die Luft abzuschnüren. Ich fühle mich so schmutzig, dass ich mich in meinem eigenen Körper unwohl fühle. Auch wenn sie längst verschwunden sind, kann ich seine Finger noch immer spüren. Kann sein Stöhnen noch immer hören und fühle noch immer seinen warmen Atem an meinem Ohr. Ich zittere am ganzen Leib und mir ist schlecht, aber mein Körper lässt nicht zu, dass ich mich übergebe. Ich kann nicht mehr. Wie von Sinnen reiße ich an meinen Fesseln, was mir wunde Striemen an den Hand- und Fußgelenken beschert. Ich brülle und tobe. Ohne jegliches Ergebnis. Dieser Wahnsinn kann doch unmöglich weitergehen. Erst Michelle, jetzt Sven. Ich musste mit ansehen, wie mein Bruder stirbt. Wie er umgebracht wurde. Wie er leblos vor mir auf dem Boden lag. Und obwohl sie nicht mehr da sind, habe ich das Gefühl, von seinen kalten Augen durchbohrt zu werden. Vermisst uns denn niemand? Ob man nach uns sucht? Im Gegensatz zum letzten Mal wage ich es nicht, meine Eltern anzusehen. Ich bin schuld daran, dass sie hier sind. Schuld daran, dass mir zwei der liebsten Menschen genommen wurden. Schuld daran, dass meine Eltern tatenlos mit ansehen mussten, wie zwei ihrer Kinder gestorben sind und das dritte missbraucht wurde. Und all das nur, weil ich mich verliebt habe. Weil ich durch meine Liebe zugelassen habe, dass dieses Monster Teil meines und somit Teil ihres Lebens wird. Bei diesem Gedanken richtet sich mein Blick auf Sarah. Wie konnten wir hier landen? Wie konnten wir uns so sehr voneinander entfernen, dass Sarah mir das hier angetan hat? Sie sieht mich an. Ihr Gesicht ist aufgequollen und tränennass. „Ich wollte nie, dass all das hier geschieht, Vic", sagt sie mit brüchiger Stimme. „Sei ruhig", sage ich mühsam beherrscht. „Vic, bitte glaube mir. Wenn ich das gewusst hätte … dann hätte ich dich niemals kontaktiert", schluchzt sie, ihre Worte werden sehr undeutlich. „Hör doch auf", schreie ich sie an, „als wäre ich dir wichtiger gewesen als dein eigener Ruf. Als hätte dir die Veröffentlichung der Sexvideos unter den jetzigen Umständen nichts ausgemacht. Sarah, Sarah, Sarah – das ist schon immer, alles was zählt. Hauptsache, für dich läuft alles gut. Wie es anderen geht, ist dir doch scheißegal." Ihr Schluchzen weicht einem lauten Heulen. Sie dreht ihren Kopf und schaut meine Eltern an. „Mina, Jürgen – bitte, ihr müsst mir glauben. Ich hätte niemals gewollt, dass Michelle, Sven oder irgendjemandem hier etwas geschieht." Ich beobachte meine Eltern. Mein Vater schaut

Sarah an – nur ein kurzer Blick, aber es reicht, um den puren Hass darin zu sehen. Der Blick meiner Mutter ist etwas sanfter. Ich sehe eine Mischung aus Hass, Mitleid und … Vergebung. Wenn sie könnte, würde sie ihr bestimmt Mut machen, versuchen, sie aufzumuntern. Da ist sie wieder, die unglaubliche Fähigkeit meiner Mutter, immer und überall etwas Gutes zu sehen. Ich bewundere sie dafür. Trotz allem, was hier passiert ist, hat sie sich diese Fähigkeit bewahrt. Keine Ahnung, ob Sarah das Gleiche im Blick meiner Mutter sieht wie ich. Ich glaube es nicht, denn sie dreht den Kopf, senkt ihren Blick und weint hemmungslos. Sie so zu sehen, verwirrt mich. Auf der einen Seite möchte ich zu ihr gehen, sie in den Arm nehmen und ihr sagen, dass alles wieder gut wird. Auf der anderen Seite, und diese überwiegt, möchte ich sie ohrfeigen und ihr sagen, dass sie sich ihre geheuchelten Schuldgefühle sonst wohin schieben kann. Dass Sven und Michelle nur ihretwegen tot sind und dass ich hoffe, dass sie – sollte sie das hier überleben – für den Rest ihres Lebens nie wieder an etwas anderes denken kann. Dass sie das Geschehene niemals wieder vergessen wird. Noch vor ein paar – ja was eigentlich? Tagen? Wochen? Monaten? Wie lange sind wir schon hier? – ach, ich hätte einfach nie für möglich gehalten, dass ich Sarah jemals hassen würde. Doch ich tue es. Andererseits war ich mir auch immer sicher gewesen, dass sie mich niemals hintergehen würde.

Mit einem Quietschen öffnet sich die Tür und Mike schlendert herein. Ruhig, fast gelangweilt, läuft er in die Mitte des Raums und setzt sich zwischen mich und meinen Eltern auf den Boden. Er sitzt mit dem Rücken zur Wand und schaut mich an. Irgendwie passt sein Gesichtsausdruck nicht zu seinem unbekümmerten Gang. Er blickt nachdenklich umher. „Tut mir leid, dass du das mit ansehen musstest. Ich habe die Beherrschung verloren. Das wird nicht mehr vorkommen", sagt er und sein Blick bittet mich um Vergebung. Ich kann dazu nichts sagen, ich starre ihn lediglich angewidert an. „Wieso tust du das hier?", überrascht dreht Mike sich um und sieht zu Sarah hinüber, die ihn ebenfalls anstarrt. Keine Sekunde später ist er aufgestanden und steht direkt vor ihr, seine Hand an ihrer Kehle. „Ich dachte, das wäre mittlerweile klar. Wegen Leuten wie dir bin ich gezwungen, all das zu tun. Wegen Menschen, die einfach nicht begreifen, wann ihre Anwesenheit und ihre Meinung unerwünscht ist. Menschen, die anderen ihr Glück neiden. Wegen Menschen wie dir, die sich in das Glück anderer drängen, damit ihr eigenes Leben weniger erbärmlich ist", bringt er hervor und ich kann hören, dass er die Zähne krampfhaft zusammenbeißt. Als er seine Hand von Sarah nimmt, saugt sie in tiefen Zügen Luft in ihre Lungen und zittert am ganzen Leib. Sie weint krampfhaft. Er dreht sich von ihr weg und geht genervt im Raum auf und ab. „Wieso versteht ihr das alle nicht?", schreit er unvermittelt. Er geht vor mir auf die Knie und sieht mich eindringlich an, als er fragt: „Wieso verstehst du das nicht?" „Wie soll ich etwas verstehen, dass zum Tod meiner Geschwister geführt hat? Etwas, dass immer wieder dazu führt, dass du mir Sachen antust, die ich nicht möchte?", frage ich meinerseits mit zusammengebissenen Zähnen. Von einer auf die andere Sekunde ist er wie ausgewechselt. Er richtet sich auf, brummt: „Es mag dauern, aber du wirst es verstehen", und verlässt den Raum. Kaum ist die Tür ins Schloss gefallen, öffnet sie sich nochmal und Mike schaltet das Licht aus. Für einen Moment kann man helles Licht durch den offenen Türspalt sehen. Doch mit einem lauten Krachen schließt sich die Tür wieder und der Lichtschein verschwindet. Jetzt da wir wieder alleine sind, konzentriere ich mich auf sämtliche Geräusche im Raum. Leise klirrende Ketten, das Summen der Sauerstoffzufuhr. Es ist so ruhig im Raum, dass ich meinen Herzschlag nicht nur fühlen, sondern auch hören kann. Sarah kann ich ganz leise keuchen und weinen hören. „Alles in Ordnung, Sarah?" Die Frage ist raus, noch bevor ich realisiere, was ich da sage. Warum zur Hölle frage ich sie das? Ich … wir sind ihretwegen hier. Aber ich habe den Schock in ihren Augen gesehen, als er sie an der Kehle gepackt hielt. Konnte sehen, wie etwas in ihren Augen zerbrochen ist, als er ihr ein erbärmliches Leben vorgeworfen hat. Im Dunkeln sitze ich da und warte auf eine Antwort. Doch auch nach einer gefühlten Ewigkeit antwortet sie nicht. Die ganze Situation ist so absurd, dass mir ein verrücktes Kichern entweicht.

Da überlistet mich der kleine Schimmer an Zuneigung, die ich noch für Sarah empfinde, dazu, sie zu fragen, wie es ihr geht. Und wozu? Für nichts. Nicht einmal den Ansatz einer Antwort bekomme ich von ihr. Als wäre die ganze Situation nicht schon schlimm genug, meldet sich jetzt auch noch meine Blase. „Ich muss pinkeln!", schreie ich in die Dunkelheit. Ich weiß nicht, ob Mike mich hören kann. Ich habe nicht viel Hoffnung, aber die Vorstellung, dass ich mir wieder in die Hose mache und er mich dann waschen muss, jagt mir höllische Angst ein. Ich rufe weiter und weiter. Selbst als meine Stimme heiser wird, höre ich nicht damit auf. Und tatsächlich. Die Tür öffnet sich und Mike bleibt im Lichtkegel der geöffneten Tür stehen. Ein schroffes „Was?" ist alles, was er von sich gibt. „Ich muss pinkeln", sage ich nochmal, diesmal in leiserem Ton. „Und was geht mich das an?" Er sieht mich angewidert an, dreht sich um und verlässt den Raum. Was habe ich eigentlich gedacht, was passieren würde, wenn er mein Rufen hört? Ich versuche krampfhaft, an etwas anderes als meine volle Blase zu denken. Aber irgendwann wird der Schmerz, der mit dem prall gefüllten Organ einhergeht, so unerträglich, dass ich nicht anders kann, als dem Drang nachzugeben. Auf gewisse Weise bin ich erleichtert – der Schmerz ist verschwunden. Andererseits ist die Tatsache, dass ich mich zum wiederholten Male eingenässt habe, absolut erniedrigend. Ich lasse den Kopf hängen und sitze einfach nur da. Warte und warte und warte. Worauf eigentlich? Darauf, dass man uns findet? Darauf, dass Sarah mir antwortet? Vielleicht warte ich auch einfach nur darauf, dass das Licht wieder angeht. Es macht mich schier wahnsinnig, nicht zu wissen, wie viel Uhr oder welche Tageszeit wir haben. Ich hab keine Ahnung, wie lange wir schon hier sind. Ob die Zeit schnell oder langsam vergeht. Ich fange an, Sekunden zu zählen und mir so eine eigene Zeitrechnung zu basteln. Aber ich verliere ständig die Konzentration und fange wieder von vorne an. Mit gesenktem Kopf starre ich auf den dunklen Boden, fixiere einen Punkt, den ich gar nicht wirklich sehe und warte darauf, was passieren wird.

20.

Ich sitze auf einem Bett in einem hell erleuchteten Zimmer. Es ist so hell, dass ich einige Male blinzeln muss, bevor ich erkenne, dass ich mich in meinem alten Kinderzimmer befinde. Es sieht genauso aus wie in meiner Erinnerung. Die Wände sind hellblau, der Boden ist aus dunklem Holz und darauf liegt ein Teppich in genau demselben Farbton wie die Wände. Mein Bett hat einen weißen Metallrahmen und wird von einem Baldachin überdacht. Wie fast alles in diesem Zimmer ist auch dieser hellblau. Ich sitze auf meiner Lieblingsbettdecke. Sie ist ebenfalls blau – jedoch dunkler als der vorherrschende Farbton im Zimmer – und mit vielen kleinen und großen Eisbären bedruckt. Ich schaue mich im Zimmer um. Von meinem Bett aus schaue ich auf ein großes Fenster, das nahezu die komplette Wand einnimmt. Gegenüber dieser Front befindet sich die Tür, durch die man das Zimmer betritt. Gegenüber der Wand, an der mein Bett steht, nimmt ein großer Schrank mit verspiegelten Schiebetüren viel Platz ein und daneben steht ein kleiner Schreibtisch, auf dem sich mein Laptop befindet. Die Wände sind übersät mit Postern von Bands und Schauspielern. Ich lehne mich zurück und stütze mich dabei mit den Händen ab. Dabei bemerke ich etwas Weiches unter meiner rechten Hand. Ich hole den Gegenstand hervor und muss lächeln. Ich halte Nili in meinen Händen. Nili ist ein Kuscheltier in Form eines Nilpferds mit einer integrierten Spieluhr. Der Körper ist bunt und Füße, Hände und Kopf sind pink. Meine Eltern haben mir erzählt, dass ich es ein paar Tage nach meiner Geburt von einer Tante geschenkt bekommen habe. Wir waren vom ersten Moment an unzertrennlich. Im Laufe der Jahre hat es ziemlich gelitten. Die Farben sind nahezu komplett verblasst. Es hat nur noch ein schwarzes Auge aus Plastik, dass zweite ist irgendwann abgefallen und ich habe es nie wieder drannähen lassen. Die Spieluhr funktioniert schon seit etlichen Jahren nicht mehr und der Stoff ist stellenweise so dünn geworden, dass das Innere hervortritt. Um Nili zusammenzuhalten, habe ich ein

Halstuch um den Körper gebunden. Ich halte es in der Hand und bin mit einem Mal tief traurig. „Hast du das alte Ding etwa immer noch?", höre ich Sven fragen. Ich habe gar nicht mitbekommen, dass er ins Zimmer gekommen ist. Ich weiß nicht, wieso, aber ich springe auf, gehe auf ihn zu und umarme ihn. Für einen kurzen Moment scheint er verwirrt zu sein, erwidert die Umarmung aber. Ich presse mein Gesicht gegen seinen Brustkorb und fange an zu weinen. Ganz plötzlich ist alles wieder da. Mike, die Höhle, Michelle, Sven – alles, was geschehen ist. Beruhigend streicht er mir über den Rücken. Als ich mich irgendwann wieder etwas beruhigt habe, gehen wir hinüber zum Bett und setzen uns. Mein großer Bruder hält mich dabei weiterhin im Arm. „Sven, ich schaff das nicht. Ich habe solche Angst", schluchze ich. „Hey, sieh mich an", sagt er und zwingt mein Gesicht sanft nach oben, so dass ich ihn ansehen muss. „Ich kenne keinen Menschen auf der Welt, der so stark ist wie du. Im Gegensatz zu Michelle hatte ich bei dir nie das Gefühl, dass ich dich beschützen müsste. Du hast immer einen Weg gefunden, um mit den schlimmsten Situationen klarzukommen …", sagt er. Ich unterbreche ihn, noch bevor er den Satz komplett zu Ende bringen kann. „Mama und Papa zu beichten, dass ich schlechte Noten geschrieben habe, kann man hiermit kaum vergleichen." „Du weißt, was ich meine. Ich will sagen, dass du sowohl physisch als auch psychisch verdammt stark bist. Und wenn jemand einen Weg finden kann, um aus dieser Situation rauszukommen, dann bist du es." In seinem Blick liegt all die brüderliche Liebe, die er für mich empfindet. „Aber wie lange wird es dauern? Was, wenn mir diese Idee erst kommt, wenn es für uns alle zu spät ist?" Ich spüre dieses vertraute Gefühl von Verzweiflung in mir aufsteigen. Wie früher greife ich nach Nili und drücke es fest an mich. Anstatt etwas zu sagen, verstärkt Sven seinen Griff um mich und beginnt, eine Melodie zu summen. Ich erkenne das Lied nach ein paar Takten. Bridge over troubled Water von Simon & Garfunkel. Unsere Oma hat es uns immer vorgesungen, wenn einer von uns traurig war. So sitzen wir da – ich, angelehnt an seine Schulter und er, mich im Arm haltend und vor sich hin summend. Ich weiß nicht, wie lange wir so sitzen, aber irgendwann verschwimmt alles zu einem undeutlichen Brei, der mir letztendlich komplett die Sicht nimmt.

21.

Als ich die Augen aufschlage, ist es noch immer dunkel. Ich friere und nehme deutlich den Geruch von Urin wahr. Unschwer zu erkennen, dass dieser von mir ausgeht. Ganz deutlich kann ich das Schniefen und abgehackte Atmen der anderen hören. Als würde mehr als einer von ihnen weinen. Ich weiß nicht, wer von ihnen es ist, aber ich würde den- oder diejenige so gerne in den Arm nehmen, sie oder ihn trösten. Doch ich kann nicht zu ihnen gehen, ich kann sie jetzt gerade nicht einmal sehen. Es dauert einige Zeit, bis ich merke, dass ich begonnen habe, ein Lied zu summen. Es ist jenes Lied, dass mir aus meinem Traum noch so präsent ist. Jenes, das mich früher immer getröstet hat. Es kommt mir surreal vor, wie ich hier im Dunkeln sitze, mir stille Tränen über die Wangen laufen und ich versuche, mit einer eigentlich tröstlichen – jetzt aber irgendwie fehl am Platz wirkenden – Melodie den verbliebenen Rest meiner Familie zu trösten. „Ich habe dieses Lied schon immer gehasst." Beim Klang von Mikes Stimme zucke ich zusammen und verstumme augenblicklich. Im nächsten Moment hat er offenbar den Lichtschalter betätigt, denn auf einmal ist der komplette Raum mit künstlichem Licht durchflutet. Ich bin verwirrt. Ich habe ihn gar nicht hereinkommen hören. Ich will ihn gerade fragen, wieso er hier im Dunkeln rumgestanden hat, als er mir auch schon das Wort abschneidet. „Ich bin etwas unwirsch gewesen, als du nach mir gerufen hattest. Aber als ich mich dafür entschuldigen wollte, hast du bereits geschlafen. Ich habe darauf gewartet, dass du wach wirst. Aber irgendwann hat mir das zu lange gedauert. Ich wurde müde, habe das Licht ausgemacht und bin auf dem Boden sitzend eingeschlafen", endet er mit einem Schulterzucken.

Langsam kommt er auf mich zu. Dabei mustert er mich mit einem Blick, der mir das Blut in den Adern gefrieren lässt. Ich fühle, wie sich auf meinem ganzen Körper eine Gänsehaut bildet. Sogar die feinen Härchen in meinem Nacken kann ich ganz deutlich spüren. Als er direkt vor mir steht, verändert sich sein Blick jedoch. Er rümpft die Nase und wirkt mit einem Mal vollkommen angeekelt. „Tja", schießt es mir durch den Kopf, „ich hab dir gesagt, dass ich pinkeln muss!" Er steht einfach nur da und starrt mich an. Daran, wie sein Gesicht sich verändert, kann ich sehen, dass er wütend ist. Sein Mund hat sich zu einer harten, dünnen Linie verzogen, zwischen seinen Augenbrauen hat sich eine Falte in der Form eines Vs gebildet. Seine Hände sind zu Fäusten geballt und wenn man genau hinsieht, bemerkt man ein kaum beherrschtes Zittern, das seinen ganzen Körper im Griff hat. Er dreht sich um, geht auf die Tür zu, öffnet sie und geht hindurch. Im Gegensatz zu sonst schließt er die Türe nicht hinter sich. Ich weiß nicht, wie lange es gedauert hat, aber nach einer gefühlten Ewigkeit kommt er zurück. In beiden Händen hält er die Henkel eines Eimers. Ich befürchte schon, dass er mich nun wieder waschen wird. „Wieso kannst du dich nicht einmal zusammenreißen?", rege ich mich über mich selbst auf. Ich ertrage das nicht, wenn er das jetzt wieder tut. Beim Gedanke an seine Finger auf meiner Haut wird mir ganz schlecht. Ich überlege, was ich sagen kann, was ich tun kann, damit das nicht passiert. Ich werde aus meinen Gedanken gerissen, als mich eiskaltes Wasser trifft. Erschrocken hole ich Luft – beinahe hätte ich mich an dem Wasser verschluckt. Ich kann nichts sehen. Tropfen des kalten Wassers hängen in meinen Wimpern und sorgen für ein unangenehmes Brennen, sobald ich diese öffne. Reflexartig blinzle ich – wieder und wieder. Noch bevor ich wirklich zu Atem kommen kann oder die Chance habe, klar zu sehen, trifft mich auch schon der nächste Schwall. Dieser zielt allerdings nicht auf mein Gesicht, sondern auf meinen Körper. Speziell auf meinen Unterleib. Zitternd und noch immer schwer atmend sitze ich da – immerhin habe ich das Wasser mittlerweile so weit weggeblinzelt, dass ich wieder etwas sehen kann. „Das hast du mit Absicht gemacht!", schreit Mike mich an. „Hättest du nicht geschlafen, hätte vermieden werden können, dass du dich vollpisst."

Von der unfreiwilligen Dusche bin ich noch ganz perplex und kann auf seine Worte nichts erwidern. „Das muss fürs Erste ausreichen", grummelt er vor sich hin und geht wieder hinaus. Diesmal kommt er deutlich schneller zurück. Hinter sich zieht er, wie schon viele Male zuvor, den Servierwagen her. Er scheint es diesmal eiliger zu haben als sonst. Er beginnt bei Sarah und kommt dann, nach meiner Mutter und meinem Vater, zu mir. Die letzten Male hat er das Füttern regelrecht zelebriert. Diesmal jedoch wirkt er so gestresst, dass er die Hälfte der Wasserflasche auf mir verteilt und nach drei Stückchen Brot beendet er die Nahrungsverteilung einfach. Anschließend ist er so schnell aus dem Raum verschwunden, dass ich kurz an mir zweifele und mich frage, ob ich mir nur eingebildet habe, dass er gerade hier war. Schon im nächsten Augenblick wird meine Aufmerksamkeit von einem Geräusch umgelenkt. Ich schaue zu meinem Vater hinüber, der sich vor Schmerzen zu krümmen scheint. Hinter seinem Knebel kann ich ihn stöhnen hören, sein Kopf ist gesenkt. Verunsichert frage ich ihn, was los ist. Auch meine Mutter und Sarah sehen ihn an – meine Mutter mit sorgenvollem Blick, Sarah erschrocken. Er sieht zu mir auf und ich erschrecke so sehr, dass mir ein schriller Schrei entfährt. Das Weiß seiner Augen ist auf unnatürliche Art verfärbt – die Farbe erinnert mich an eine Mischung aus Braun und Ocker. Das Schlimmste aber ist das Blut, das aus seiner Nase fließt. Ihm entfährt ein Geräusch, eine Art Grunzen. Ein paar Sekunden später fängt er an zu würgen. An den Seiten des Knebels bilden sich gut sichtbare Rinnsale – Erbrochenes. Durch den Knebel kann das Erbrochene nicht durch den Mund entweichen und bahnt sich offensichtlich seinen Weg durch die Nase meines Vaters. Ich habe mittlerweile begonnen zu schreien. Ich rufe nach Mike. Flehe ihn an, meinem Vater zu helfen. Doch mein Flehen bleibt wieder unerhört. Der Körper meines Vaters bäumt sich noch einmal auf, bevor er in sich zusammensackt. „Papa? Papa bitte! Du darfst mich nicht auch noch verlassen", kreische ich hilflos. Aber er reagiert nicht – keine Bewegung und auch sonst nichts. Ich verfalle in vollkommene Raserei. Ich schreie unaufhörlich, reiße und zerre an meinen Fesseln. Ich bin so außer mir, dass ich alles nur durch einen dichten Nebel wahrnehme. Ich kann fühlen, wie mich die Fesseln in Hand- und Fußgelenke schneiden und obwohl ich weiß, dass er da sein muss, spüre ich keinen Schmerz. Am Rande meines Bewusstseins nehme ich die Reaktion meiner Mutter wahr. Auch sie zerrt und reißt an ihren Ketten – jedoch genauso erfolglos wie ich. Sie schreit und tobt, wie ich es noch nie zuvor erlebt habe. Ich kann förmlich sehen, wie ihr Herz endgültig zerbricht. Meine sonst so ruhige, liebevolle und gelassene Mutter … am Rande des Wahnsinns. Ein Teil von mir möchte sie trösten, sie beruhigen. Aber ein anderer Teil – und dieser ist sehr viel größer – möchte es ihr einfach gleichtun. Schreien und toben, um all den Schmerz loszuwerden. Nur zu gerne gebe ich diesem Verlangen nach. Irgendwann – ich kann beim besten Willen nicht sagen, wie lange es gedauert hat – breche ich kraftlos zusammen. Nun, da das Adrenalin in meinem Blut wieder abgenommen hat, spüre ich die schmerzhaften Wunden an meinen Gelenken. Ich werfe einen zögerlichen Blick nach unten. Dort, wo vorhin, noch gut sichtbar, die Fesseln meine Handgelenke umschnürt haben, sind jetzt tiefe, dicke, blutige Striemen zu sehen. Die Fesseln sind kaum noch zu erkennen, so tief liegen sie in der Wunde. Meine Fußgelenke kann ich zwar nicht sehen – aufgrund des Schmerzes dürften die Wunden jedoch ähnlich sein. Ich möchte meine rechte Hand drehen, um zu sehen, wie das Ausmaß der Wunde ist. Bei der kleinsten Bewegung jedoch durchdringt mich ein so abscheulicher Schmerz, dass mir ein schmerzhaftes Stöhnen entfährt und ich den Gedanken wieder verwerfe. Ich blicke auf und direkt in die besorgten Gesichter meiner Mutter, die nun kraftlos in ihren Ketten hängt, und Sarah. „Alles wird gut, wir kommen hier schon irgendwie wieder raus", bringe ich mit zusammengepressten Lippen hervor. Meine Mutter nickt zwar, aber ich bin mir sicher, dass sie den hoffnungslosen Unterton in meiner Stimme bemerkt – die Wahrheit ist einfach zu offensichtlich. Sarah reagiert überhaupt nicht. Sie starrt einfach mit leerem Blick vor sich hin.

Irgendwann kehrt Mike zurück. Fröhlich pfeifend schlendert er zu meinem Vater und öffnet die Ketten an Hand- und Fußgelenken. Dann schultert er ihn und verlässt den Raum.

Als er zurückkehrt, kommt er direkt auf mich zu. Er ist noch immer gut gelaunt und euphorisch. Er nimmt meinen Kopf zwischen seine Hände und drückt mir einen Kuss auf die Stirn.

„Nur noch zwei, dann können wir endlich zusammen sein", sagt er und lächelt mich an. Man kann den Wahnsinn in seinem Gesicht sehen. Sofort bin ich wieder rasend vor Wut. Ich möchte auf ihn losgehen – ihm den Hals umdrehen, so lange auf ihn einschlagen, bis er sich nicht mehr rührt, ganz egal, wie, ich möchte ihm einfach nur weh tun. Ich stemme mich gegen meine Fesseln. Doch diesmal scheint der Schmerz stärker als die Wut zu sein – ich zucke zusammen und lasse mich wieder zurückfallen. Das schmerzerfüllte Stöhnen, das mir entfährt, bleibt Mike nicht verborgen. Er sieht an mir hinab und sein Blick bleibt an meinen Wunden hängen. Er betrachtet die Verletzungen mit einer Faszination, die Übelkeit in mir hervorruft. Als er es schafft, seinen Blick loszureißen sagt er: „Dagegen müssen wir etwas machen. Nicht dass sich die Wunden entzünden." Er haucht mir einen weiteren Kuss entgegen und verschwindet für den Bruchteil einer Sekunde aus dem Raum. Er kommt mit einem Kulturbeutel zurück, kniet sich vor mich und fängt an, den Beutel auszuräumen. Darin befinden sich diverse Mullbinden, eine Verbandsschere, Pflaster, Salben, Cremes und eine Flasche mit klarer Flüssigkeit. Als Erstes begutachtet er meine Handgelenke. Mit nahezu chirurgischer Vorsicht öffnet er den Knoten ein wenig und hebt das Seil an – welches mittlerweile leicht mit den offenen Wunden verklebt ist –, um es ein Stückchen weiter nach oben zu schieben. Dort zieht er den Knoten wieder fest. Nun sitzt die Fessel nicht mehr am Gelenk, sondern ungefähr in der Mitte des Unterarms. Auch an den Füßen versetzt er die Fesseln, so dass sie nun mittig an der Wade sitzen. Als Nächstes öffnet er die Flasche und gießt mir diese – ohne Vorwarnung – über die Wunden. Das kommt so unerwartet, dass mir der Atem wegbleibt. Ich fange schon an, Sternchen zu sehen, als mein Körper mir panisch signalisiert, dass ich Luft holen muss. Mit einem tiefen Atemzug breche ich durch die nahende Ohnmacht, was dazu führt, dass ich den Schmerz wahrnehme. Der Schmerz dringt mir durch den ganzen Körper. „Stell dich nicht so an. Das ist Wasser mit Salz vermischt. Das hält die Wunde keimfrei. Ein alter Trick meiner Oma", sagt er mit einer Ruhe, die so unpassend für die Situation ist, dass man denken könnte, er streichelt gerade einen Hund. Mit einer der aufgerollten Mullbinden tupft er die Flüssigkeit rund um die Wunden auf und wirft sie achtlos hinter sich. Dann drückt er einen Klumpen Salbe aus einer der Tuben und verteilt diesen auf den offenen Stellen. Jede Wunde umwickelt er mit einer Mullbinde und befestigt diese mit jeweils drei Streifen Pflaster. Keine Ahnung, ob das Salzwasser tatsächlich etwas helfen wird, aber es brennt so stark, dass meine Gelenke nahezu taub sind. „Ich hasse dich", flüstere ich wie ein Mantra vor mich hin. Langsam richtet er sich vor mir auf: „Sag das nochmal", knurrt er mir entgegen. „Ich … hasse … dich", sage ich leise und hasse mich dafür, dass meine Stimme klein und ängstlich klingt. Mike lässt den Kopf nach hinten fallen und fängt an zu lachen. Dann schlägt er mir mit der flachen Hand ins Gesicht. „Na los, sag das nochmal", schreit er mir entgegen – seine Worte triefen nur so vor Hohn und Überheblichkeit. Anstatt zu antworten, spucke ich ihn an. Dafür fange ich mir eine weitere Ohrfeige ein. Mike hört gar nicht mehr auf, wechselt von flacher Hand zur Faust und traktiert abwechselnd meinen Oberkörper und mein Gesicht. Ich versuche, mich möglichst klein zu machen, um mich vor den Schlägen zu schützen. Doch dank der Fesseln gelingt mir das nicht wirklich. Ich spüre, wie ein Treffer meine Unterlippe aufplatzen lässt. Umgehend ist mein Mund erfüllt von dem metallischen Geschmack von Blut. Ich flehe ihn an aufzuhören, erhalte jedoch keine Reaktion. Er schlägt immer weiter und weiter. Irgendwann werde ich mit jedem Schlag spürbar schwächer. Die Sterne, die mir beim Versorgen der Wunde bereits eine Ohnmacht angekündigt hatten, sind wieder da. Diesmal gelingt es mir nicht, dagegen an-zukämpfen und Stück für Stück reißen mich die Sternchen tie-fer in eine allumfassende Dunkelheit.

22.

Ich stehe mitten in einem Wirrwarr aus Regalen und Vitrinen, gefüllt mit Handys, DVDs, anderer Elektronik, Hardware und Zubehör. Verwirrt schlendere ich durch die Gänge und frage mich, was ich hier mache. Verwundert stelle ich fest, dass ich offenbar ganz alleine bin. Ich werfe einen Blick durch den gan-zen Raum und sehe tatsächlich niemanden. „Komm, wir gehen was essen", höre ich eine vertraute Stimme hinter mir sagen. Ich drehe mich um und kann kaum glauben, wen ich da vor mir ste-hen sehe. Mein Vater – groß, schlank, lichtes Haar. Die Stoppeln an seinem Kinn und seinen Wangen zeigen, dass er sich seit ein paar Tagen nicht mehr rasiert hat. Bei seinem Anblick frage ich mich, wie ich ihn übersehen konnte. Das Hemd, das er trägt, ist so grell – helles Gelb mit einem undefinierbaren orangefar-benen Muster darauf –, dass es wahrscheinlich selbst im Dun-keln gut zu sehen gewesen wäre. Überschwänglich umarme ich ihn. Es dauert einen Moment, bis er die Geste erwidert – als er es dann aber tut, ist sie zärtlich und liebevoll. Am liebsten wür-de ich ihn nie wieder loslassen. „Los komm, essen wir etwas ich bin am Verhungern", sagt er noch einmal, lehnt sich etwas zu-rück und lächelt mich an. Ich nicke und wische mir mit dem Ärmel meines Sweatshirts Tränen von den Wangen, von denen ich gar nicht bemerkt habe, dass sie da sind. Als ich ihn losge-lassen habe, stelle ich erstaunt fest, dass wir plötzlich in einem Restaurant stehen. Es irritiert mich, dass sich auch hier niemand außer meinem Vater und mir befindet. Mein Vater zeigt auf ei-nen Tisch neben uns, zieht sich den Stuhl zurück und setzt sich.

Auch ich nehme Platz und stelle begeistert fest, dass auf dem Tisch bereits Essen auf uns wartet. Auf großen, weißen Tellern, die fast zu groß für den Tisch sind, stehen zwei Pizzen vor uns. Eine mit Salami, Schinken und Peperoni und eine mit Thunfisch. Mein Vater nimmt sich ein Stück Salamipizza und beginnt, genüsslich zu essen. Ich schaue mich um. Der Raum ist spärlich möbliert. Vier Tische, acht Stühle und eine Jukebox. Der Boden ist grau, aus einem Material, das ich nicht näher beschreiben kann, und die Wände sind weiß gestrichen. Es gibt keine Fenster, keine Bilder und auch sonst keine Dekorationen. Die Wände werden nur an einer Stelle durch eine dunkelbraune Tür unterbrochen. Aus der Jukebox dringt das Intro eines Lieds herüber. „Den Song habe ich schon lange nicht mehr gehört", sagt mein Vater zwischen zwei Bissen. Ich höre genauer hin und erkenne es. Pictures in the Dark von Mike Oldfield – wie oft wir dieses Lied zusammen gehört haben. „Papa … wie kann es sein, dass du hier bist?", frage ich, während ich ihn mustere. „Du hast es dir so sehr gewünscht. Und egal, was mit mir passiert, ich werde immer einen Weg finden, dich sehen zu können", sagt er und lächelt mich kauend an. Über den Tisch hinweg greift er nach meiner Hand und drückt sie. Auch ich nehme mir jetzt ein Stück Pizza, aber anders als mein Vater entscheide ich mich für Thunfisch. Sie schmeckt einfach köstlich. Der Teig ist locker und luftig – man kann die Hefe richtig schmecken. Der Käse, die Tomatensauce und der Thunfisch verbinden sich in meinem Mund zu einer unglaublichen Geschmacksexplosion. Während ich kaue, denke ich über all die Sachen nach, die ich meinem Vater sagen, die ich ihn fragen möchte. „Ich hab dich lieb, Paps. Das habe ich dir nie oft genug gesagt." Mit einem Mal ist mir der Appetit vergangen und ich lege mein angefangenes Stück Pizza zur Seite. „Das weiß ich doch", erwidert er, woraufhin sich eine lange Pause bildet, in der keiner etwas sagt.

„Weißt du noch, was …", setze ich nach einer Weile an. Mein Vater unterbricht mich: „Was passiert ist?", beendet er meine Frage. Ich nicke und warte auf seine Antwort. Es scheint, als sei auch ihm nun der Appetit vergangen. Er legt sein angebissenes

Stück Pizza zur Seite. „Du meinst, ob ich mich daran erinnern kann, dass meinen Liebsten das Schlimmste angetan wurde, was man sich nur vorstellen kann?" Bei dieser Frage schaut er mir direkt in die Augen und ich kann sehen, wie seine sich mit Tränen füllen. Ich nicke und beiße mir dabei fest in die Wange, um zu verhindern, dass ich weine. Geknickt lässt mein Vater den Kopf sinken. „Ich erinnere mich an alles. An jedes noch so kleine Detail", seine Stimme bricht bei dem letzten Wort komplett weg und sein Körper wird von heftigen Schluchzern geschüttelt. Auch bei mir brechen nun sämtliche Barrieren – schniefend und heulend stehe ich auf und gehe zu ihm hinüber. Ich stehe hinter ihm, schlinge die Arme fest um ihn und beuge mich vor, um mit meiner Wange seinen Kopf berühren zu können. Eine Weile stehe ich einfach nur so da und versuche, ihn irgendwie zu trösten. Es bricht mir das Herz zu sehen, wie gebrochen mein Vater hier vor mir sitzt. Er ist einer der stärksten Menschen, die ich kenne. Immer gefasst und er hat sich stets zu jeder Zeit unter Kontrolle. In all den Jahren habe ich ihn noch nie weinen oder auch nur traurig gesehen. Für jeden hat er immer ein tröstliches Wort und ein warmes Lächeln übrig. Irgendwann hat er sich so weit beruhigt, dass ich mich traue, ihn loszulassen und ich gehe zurück auf meinen Platz. Verlegen tupft er sich mit einer Serviette – wo kommt die auf einmal her? – über die Augen und benutzt sie anschließend als Taschentuch, um sich geräuschvoll die Nase zu putzen. Sein Gesicht und seine Augen sind gerötet und leicht geschwollen. Ich schätze, dass ich nicht viel anders aussehe. Mein Vater räuspert sich, so als wolle er etwas sagen. Doch ich komme ihm zuvor. Es gibt eine Frage, die ich unbedingt noch loswerden muss. „Sind sie auch hier? Sven, Michelle … sind sie auch hier?", frage ich, schaue mich noch einmal im Raum um und spüre schon wieder Tränen, die mir in die Augen schießen. „Im Moment nicht. Aber ich weiß, dass es ihnen gut geht und dass sie dich liebhaben. Keiner von uns gibt dir die Schuld an dem, was er getan hat." Ein verächtliches Schnauben entfährt mir und ich schüttle den Kopf, was mir einen fragenden Blick von ihm beschert. „Keiner stimmt nicht", sage ich und ziehe schniefend die

Nase hoch, „ich gebe mir die Schuld daran. Hätte ich ihn nicht in mein Leben gelassen, hätte er nie einen von uns kennen gelernt und hätte niemals einem von euch etwas antun können." Während ich die Worte ausspreche, merke ich, wie wütend ich werde. Um die Wut halbwegs im Zaum zu halten, balle ich die Hände unter dem Tisch zu Fäusten – so fest, dass ich spüren kann, wie meine Fingernägel sich in die Haut bohren. „Schätzchen – es ist nie falsch, sich zu verlieben. Manchmal merkt man im Nachhinein, dass es vielleicht nicht die beste Idee war, aber in dem Moment ist es niemals falsch. Liebe ist etwas so Wichtiges. Du bist nicht schuld an dem, was er jetzt tut. Dass Beziehungen enden, ist nicht unbedingt schön, aber manchmal ist es der einzig richtige Weg. Ohne Liebe ist das Leben trostlos. Niemand sollte in seinem Leben auf die Möglichkeit zu lieben verzichten müssen." Seine Worte lindern die Wut in mir ein wenig. Tief in mir drin weiß ich, dass es nicht meine Schuld ist. Der Einzige, dem man Schuld an der Situation geben kann, ist Mike, weil er den falschen Weg gewählt hat, um damit klarzukommen. Doch an der Oberfläche wird dieses Wissen immer wieder von dem Gedanken unterbrochen, dass es vielleicht doch meine Schuld ist. Und noch etwas kratzt an der Oberfläche meines Bewusstseins und verwundert mich auf positive Weise. Wann habe ich meinen Vater jemals so offen über Gefühle und Liebe sprechen hören? Ich kann mich nicht daran erinnern, dass das je vorgekommen ist. Ich lächle ihm zu, als sich die Szenerie um uns herum verändert. Der Raum, in dem wir uns befinden, verschwimmt und wird ganz unscharf. Es wirkt fast, als würden wir auf einmal in der Mitte eines Wirbelsturms sitzen. Verängstigt schaue ich mich um und bemerke, wie mir ganz schwindelig wird. „Keine Angst, Vic. Du wachst auf, unsere Zeit ist vorbei." Ich will ihn unterbrechen, doch er bedeutet mir, still zu sein. „Du wirst das überstehen. Du bist so unglaublich stark und ich bin unglaublich stolz auf dich. Vergiss das niemals. Du wirst eine Chance sehen und sie nutzen, wenn die Zeit gekommen ist. Und wenn du kannst, rette deine Mutter und Sarah. Egal. wie wütend du gerade auf sie bist, du würdest es bereuen, ihr nicht geholfen zu haben. Ich liebe dich." Seine letzten Worte nehme ich nur noch als leises Flüstern wahr, während er sich vor meinem Auge zu undeutlichem Nebel auflöst. Im nächsten Moment ist alles um mich herum schwarz und ich merke, wie ich aufsteige. Höher und immer höher, bis ich durch die Dunkelheit breche.

23.

Benommen öffne ich die Augen. Mein Kopf dreht sich und es fühlt sich an, als wäre mein Geist in dickem Nebel gefangen. Soweit ich sehen kann, ist der Raum hell erleuchtet. Wirklich viel kann ich allerdings nicht erkennen. Weiter als einen Spaltbreit kann ich die Augen nicht öffnen. Sobald ich es versuche, durchzuckt mich ein gleißender Schmerz. Ich vermute, dass meine Augen zugeschwollen sind und auch der Rest meines Körpers mit Hämatomen übersät ist. Langsam fahre ich mir mit meiner Zunge über die Lippen und kann verkrustete Wunden fühlen. Sobald ich sie berühre, bemerke ich erst, wie sehr jede einzelne schmerzt. Der Geschmack von getrocknetem Blut bereitet mit Übelkeit. So gut es geht, versuche ich, mich wieder gerade hinzusetzen, stoppe den Versuch aber, sobald mich nahezu unerträgliche Schmerzen durchfahren, die mir für kurze Zeit den Atem rauben. Gefühlt besteht mein ganzer Körper – von Kopf bis Fuß – nur noch aus Schmerz. Ein gellender Schrei lichtet den Nebel in meinem Kopf und lässt ihn in die Richtung schnellen, wo Sarah und meine Mutter noch immer an die Wand gekettet sind. Der Schock, den mir das Gesehene beschert, lässt mich die Augen weit aufreißen. Die Qual, die mir das bereitet, nehme ich nur undeutlich im Hintergrund wahr. Ich sehe Mike, wie er mit einem Messer – ich glaube es ist ein Bowie-Messer – den Körper meiner Mutter rundherum aufschlitzt. Die Klinge hinterlässt eine dunkelrote tropfende Linie, die ihrem Körper einen gruseligen

Rahmen verleiht. Sarah reißt an ihren Fesseln und schreit ihm etwas entgegen. Ich verstehe kein Wort – irgendwann während meiner Ohnmacht muss Mike ihr den Mund mit Paketband zugeklebt haben. Schwach lehne ich mich gegen meine Fesseln. In mir rast die Wut, aber durch die Prügel ist mein Körper so geschwächt, dass ich nur ein leises Flüstern zustande bringe. Offenbar ist es laut genug, denn Mike dreht sich zu mir um. Für ein paar Sekunden meine ich so etwas wie Unbehagen auf seinem Gesicht zu erkennen. „Du bist wach", sagt er und seine Stimme wirkt fast unsicher. Er hält kurz inne, bevor er seufzt und sagt: „Das hättest du nicht sehen sollen." Dann dreht er sich wieder zu meiner Mutter um und zieht die Klinge des Messers mit einer schnellen Bewegung über ihre Kehle. Dick und dunkelrot fließt das Blut aus der Wunde und über ihren ganzen Körper. Das dunkle Blut bildet einen schrecklichen Kontrast zu ihrer blassen Haut. In mir schreie und tobe ich. Aber äußerlich bringe ich nur ein klägliches Wimmern zustande. Mir laufen Tränen über die Wangen. Die salzigen Rinnsale brennen in den Rissen und Platzwunden, die seine Schläge auf mir hinterlassen haben. Dass Wirrwarr aus Schmerz, Leid, Panik und Wut fördert die Dunkelheit wieder zutage und während ich meiner Mutter beim Sterben zusehe, versinke ich langsam wieder darin.

24.

Ich sitze an einem langen, gedeckten Esstisch. Unter dem dunkelroten Tischläufer, der sich von einem zum anderen Ende erstreckt, kann ich erkennen, dass der Tisch aus dunklem, glänzendem Holz besteht – ich schätze, es handelt sich um Mahagoni. Der Tisch ist für fünf Personen eingedeckt. Wein- und Wassergläser – schlicht, aber dennoch wunderschön – werden begleitet von Tellern aus weißem Porzellan mit goldenen Verzierungen.

Das silberne Besteck links und rechts vom Teller ist so strahlend poliert, dass man denken könnte, es bestünde ebenfalls aus Glas. Dekoriert ist der Tisch mit diversen Blumenarrangements und Kerzen in verschiedenen Rottönen. Ich weiß nicht, wieso, aber alle Teller sind bereits mit Speisen beladen und alle Gläser mit Wasser und Rotwein gefüllt. Mein Herz macht vor Freude einen kleinen Satz, als ich sehe und rieche, was da auf dem Teller auf mich wartet. Sauerbraten – ohne Rosinen, so wie es ihn zu Hause immer gegeben hat – und Semmelknödel. Unbewusst lecke ich mir über die Lippen und fühle, wie mir das Wasser im Mund zusammenläuft. Nur widerwillig reiße ich meine Aufmerksamkeit von dieser Köstlichkeit los und sehe mich im Raum um. Die Wände und der Boden sind im gleichen Farbton gehalten – beide so dunkel, dass es schwer zu sagen ist, wo die Wand endet und der Boden beginnt. Die Fenster sind mit dicken, dunkelroten Vorhängen versehen, die sich in Wellen auf dem Boden ablegen. Diese sind geschlossen, so dass der Raum nur von künstlichem Licht erhellt wird. Dieses Licht wird von kleinen Gaslampen erzeugt, die an den Wänden zwischen den Fenstern und links und rechts neben der großen metallenen Türe – der einzigen im ganzen Zimmer – hängen. Es ist so ruhig in diesem Raum, dass ich das leise Zischen hören kann, dass das Gas beim Ausströmen macht. Über der Tür hängt ein Gemälde – Das letzte Abendmahl von *Leonardo da Vinci*. Ich weiß nicht, warum, aber irgendetwas an diesem Bild stört mich. „Wieso ist der Tisch eigentlich für fünf gedeckt?", frage ich mich, als mir bewusst wird, dass ich hier drin komplett allein bin. Plötzlich höre ich ein Geräusch, das von der anderen Seite der Tür kommt. Schritte und das gedämpfte Gemurmel von mehreren Stimmen, die ich nicht erkenne. Instinktiv verkrampft sich mein Körper meine Muskeln sind zum Bersten gespannt. Ich kann gar nicht sagen, wieso ich so von Panik erfüllt bin. Ich möchte aufstehen und mich irgendwo verstecken – hinter den Vorhängen wäre bestimmt ein gutes Versteck –, doch ich kann mich nicht bewegen. Etwas Unsichtbares hält mich an den Sitz gefesselt. Aus Angst vor dem Unbekannten schaue ich mich nach etwas um, das mir Schutz oder zumindest das Gefühl von Sicherheit verleihen kann. Das Einzige in Reichweite ist das Messer, das auf dem Tisch neben meinem Teller liegt. Ich nehme es in die Hand und schließe die Faust darum. Meine Knöchel treten weiß unter der Haut hervor, so fest halte ich meine Hand geschlossen. Die Schritte kommen näher und näher. Gespannt sitze ich da und starre auf die Tür. Ich kann sehen, wie die Klinke hinuntergedrückt wird. Die Tür wird einen winzigen Spalt geöffnet, bewegt sich aber nicht weiter. „Meinst du, sie ist da drin?", höre ich eine zarte weibliche Stimme fragen. Bin ich diese „Sie"? Etwas in mir regt sich bei diesem Klang, aber wieder kann ich nicht sagen, was es ist. Wer auch immer dort draußen ist, gibt keine hörbare Antwort auf die Frage. Nervös starre ich auf die Tür, die sich jetzt wieder in Bewegung gesetzt hat. Obwohl das Öffnen nur ein paar wenige Sekunden dauert, fühlt es sich wie eine Ewigkeit an. Als die Personen dahinter sichtbar werden, traue ich meinen Augen nicht. Mein Herz rast, mein Körper entspannt sich – die Faust, mit der ich die ganze Zeit das Messer umklammert gehalten habe, löst sich, so dass es zurück auf den Tisch fällt. Mir schießen Tränen in die Augen und ich kann nicht anders, als abwechselnd in die strahlenden Gesichter vor mir zu schauen. Instinktiv versuche ich noch einmal aufzustehen und dieses Mal klappt es ohne Probleme. Mir ist gar nicht bewusst, dass ich mich in Bewegung gesetzt habe, doch schon im nächsten Augenblick stehe ich vor meiner Familie. Sie sind alle da – meine Mutter, mein Vater, Sven und Michelle. Umständlich ziehe ich alle in eine tränenreiche Umarmung.

Als die Tränen versiegt sind und wir uns alle wieder etwas beruhigt haben, platzt es aus mir heraus: „Wie kann es sein, dass ihr hier seid?" Ungläubig fällt mein Blick nacheinander auf jeden einzelnen von ihnen. Sie sehen gesund und fröhlich aus. Keine Angst, die ihnen in den Augen steht, keine ausgemergelten und geschundenen Körper. In diesem Moment sind sie das genaue Gegenteil dessen, was meine Erinnerung mir zeigt. Mein Vater nimmt meine Hand in seine, drückt sie und sagt: „Schätzchen, das haben wir dir zu verdanken. Du brauchst uns und wir werden immer da sein, wenn du uns brauchst." In jedem seiner Worte schwingt so unendlich viel Liebe und Fürsorge mit, dass mein Herz zu platzen droht. Mit einem zittrigen Finger wische ich mir eine Träne aus dem Augenwinkel. Noch immer meine Hand haltend, führt er mich zurück zu meinem Platz an dem Tisch. Der Rest der Familie folgt schweigend. Ich sitze am Kopfende, meine Mutter links und mein Vater rechts von mir. Michelle flankiert meine Mutter und Sven meinen Vater. Ohne ein weiteres Wort zu sagen, fangen wir an zu essen. Zu meiner Überraschung ist das Essen noch immer warm und es schmeckt köstlich. Jede Zelle meines Körpers freut sich über die verschiedenen Aromen, die sich in dieser Mahlzeit vermischen. Als mein Teller leer vor mir steht, breitet sich eine gewisse Traurigkeit in mir aus. Ich weiß nicht, wann ich zuletzt etwas so Leckeres gegessen habe. Und nicht zu wissen, wann es das nächste Mal passieren wird, macht mich unsagbar traurig. Schweigend sitze ich an meinem Platz und sehe den anderen beim Essen zu. „Und … was hast du jetzt vor, Vic?", durchbricht die Stimme meines Bruders die Stille. „Was meinst du?", ist alles, was ich in meiner Verwirrung zustande bringe. Ich kann sehen, wie meine Mutter ihm einen Blick zuwirft, der ihn eigentlich hätte verstummen lassen sollen. Meinen Bruder scheint das aber nicht zu kümmern. Er zuckt nur gleichgültig mit den Schultern. „Was denn? Ich finde nur, dass sie einen Plan haben sollte. Sie ist die Einzige, die diesen Irren noch stoppen kann." „Glaubst du, das weiß sie nicht?", mischt meine Schwester sich ein. „Sven, Michelle, es reicht. Wir haben darüber gesprochen. Während des Essens werden wir nicht darüber reden." Der Ton meiner Mutter bringt beide umgehend zum Verstummen. Schmollend starren sie auf ihre Teller und essen schweigend weiter. Nachdem alle mit dem Essen fertig sind, verschwinden die Teller einfach. Eben sind sie noch da und nur ein Blinzeln später sind sie weg. Die Stille, die sich zwischen uns ausgebreitet hat, wird nahezu unerträglich. Als hätten sie sich abgesprochen, sind auf einmal alle Augen auf mich gerichtet. Im Blick meines Bruders liegt die unausgesprochene Aufforderung, seine Frage von vorhin zu beantworten. Ich räuspere mich, bevor ich spreche, plötzlich bin ich total nervös: „Ich … ich habe keinen Plan", stammle ich. Offenbar war das die Antwort, die sie erwartet haben, zumindest der Großteil von ihnen. Außer meinem Vater scheint niemand über meine Aussage verwundert zu sein. „Ich habe keine Ahnung, wie ich ihn aufhalten kann. Seit wir dort eingesperrt wurden, zermartere ich mir das Hirn, um einen Weg hinaus zu finden", sage ich und kann selbst hören, wie meine Stimme bricht. Will ich Mike überhaupt noch stoppen? Wozu? Da draußen gibt es nichts und niemanden mehr, der auf mich wartet. Meine Familie ist tot, komplett ausgelöscht und das alles, weil meine beste Freundin mich aus egoistischen Gründen verraten hat. Ist die Einsamkeit, die mich erwarten wird, wenn ich es hier raus schaffe – die Gewissheit, dass ich niemals vergessen werde, was passiert ist und mich diese Erinnerungen für immer verfolgen werden –, es wert, mich selbst zu retten? Möchte ich ein solches Leben? Sven will gerade dazu ansetzen, etwas zu sagen, als mein Vater ihm signalisiert, ruhig zu sein. Während er seine Hand auf meine legt, wendet er sich an die gesamte Familie" „Sie wird im richtigen Moment wissen, was zu tun ist. Keiner von euch kann mir sagen, dass er den perfekten Plan hat. Wenn doch, dann teilt ihn doch bitte mit uns. Aber sofern das nicht der Fall ist, hört auf, sie unter Druck zu setzen." Er drückt meine Hand und zwinkert mir zu. Sven kratzt sich unbeholfen am Kopf und räuspert sich, bevor er wieder spricht: „Ich will doch nur, dass dieser Drecksskerl bekommt, was er verdient. Vic hat die Chance, es irgendwie da hinauszuschaffen und weiterzuleben. Keiner von uns kann das mehr tun." Er zuckt mit den Schultern und schaut jeden von uns eindringlich an. In seinem Blick liegt eine Mischung aus Wut, Verzweiflung und Trauer. Ich habe einen so dicken Kloß im Hals, dass ich kurzzeitig nicht atmen kann. Ich weiß nicht, wie, aber ich muss da rauskommen. Vielleicht nicht meinetwegen, aber wegen ihnen. Wegen den Menschen, die meinetwegen keine Zukunft mehr haben. Plötzlich hallt ein Läuten wie von Kirchenglocken durch den Raum. Als hätte ihnen jemand den Befehl gegeben, erheben sich meine Familienmitglieder. Es wirkt, als würden ihre Bewegungen ferngesteuert, sie drehen sich gleichzeitig zu mir um. „Vic, du wirst das schaffen. Wir lieben dich", sagen sie im Chor und drehen sich wieder von mir weg. Und dann lösen sie sich vor meinen Augen auf. Wie Nebelschwaden werden sie immer undeutlicher, bis sie nicht mehr da sind. Ich möchte aufstehen, bin aber wieder an meinen Platz gefesselt. Der Raum um mich herum beginnt sich aufzulösen. Das Letzte, was ich sehe, ist das Gemälde mit dem letzten Abendmahl und plötzlich wird mir bewusst, was mich daran stört. Anstatt Nasen, Mündern und Augen bestehen die Gesichter nur aus farbigen Klecksen, ohne Konturen oder Details. Und dennoch bin ich mir sicher, sehen zu können, wie mich all diese Köpfe dort auslachen. Ich fange an zu hyperventilieren und als der Raum um mich herum sich verflüchtigt hat, versinke ich wieder in tiefster Schwärze.

25.

Druck an meinem Kopf. Irgendetwas hält ihn von links und rechts starr in seiner jetzigen Position. So muss es sich anfühlen, wenn der Kopf in einem Schraubstock steckt. Ich bin mir nicht sicher, ob dieses Gefühl echt ist oder nicht, aber instinktiv weigert sich mein Körper, meine noch immer geschlossenen Augen zu öffnen. Mit einem Mal drückt sich von vorne etwas gegen meine Lippen. Etwas Weiches und dennoch Festes, das mit roher, wütender Gewallt dagegengepresst wird. Gleichzeitig verstärkt sich auch der Druck auf meinen Kopf. In dem Moment, als ich realisiere, dass es sich um ein paar Lippen handelt, spüre ich auch schon, wie etwas Nasses – eine Zunge – sich seinen Weg in meinen Mund bahnen möchte. Sofort beiße ich die Zähne so fest zusammen, dass mein Kiefer schmerzt. „Wusste ich doch, dass du wach bist", stößt Mike in der Sekunde hervor, in der meine Körperreaktion mich verraten hat, und fängt an zu lachen. Widerwillig öffne ich die Augen und blicke in sein Gesicht, das zu einem sarkastischen Grinsen verzogen ist. Langsam zieht er sich von mir zurück und richtet sich auf. Feierlich klatscht er in die Hände, offensichtlich ist er über irgendetwas hoch erfreut. Mit langsamen, langen Schritten nähert er sich Sarah. Sie sieht noch fertiger aus als vor meiner letzten Ohnmacht. Schlaff hängt sie an ihren Fesseln. Ihr ganzer Körper ist eingefallen und aschfahl, bis auf die Stellen, wo sich Hämatome in sämtlichen Farben abzeichnen – frische in verschiedenen Violett- und Rottönen und ältere, die mittlerweile schon gelblich und grünlich verfärbt sind. Den Knebel scheint er komplett entfernt zu haben, zumindest kann ich keinen mehr sehen. Ihre Augen sind starr auf den Boden gerichtet. Mit seiner rechten Hand packt er ihr Kinn und zwingt sie dazu, ihm in die Augen zu schauen. „Jetzt stehst nur noch du uns im Weg. Aber auch das werde ich noch regeln und dann können Vic und ich endlich ungestört zusammen sein", sagt er und lässt ihr Gesicht los, um ihr die Wange zu tätscheln. Kraftlos liegt ihr Kinn nun wieder auf ihrer Brust. „Bald, aber noch nicht jetzt", sagt er, während er sich umdreht und den Raum verlässt. Erst jetzt schlängelt sich ein Gedanke an die Oberfläche meines Bewusstseins. Meine Mutter! Suchend sehe ich mich im Raum um, kann sie aber nicht finden. Panik breitet sich in mir aus, meine Atmung beschleunigt sich hörbar und mein Kopf ruckt immer schneller von links nach rechts, in der Hoffnung, sie irgendwo zu erblicken. „Er hat sie weggebracht", es ist kaum mehr als ein Flüstern, lässt mich aber innehalten. Unter Ihren Wimpern hindurch sieht Sarah mich an. „Wann?", frage ich sie. „Weiß nicht genau. Du warst schon eine Weile ohnmächtig. Da kam er herein, hat ihre Fesseln gelöst und sie hinausgebracht", bringt sie mit brechender Stimme hervor und ich kann sehen, dass ihr Tränen über die Wangen laufen. Als ich Sarah betrachte, wie sie so dasteht, weinend und ausgezehrt, wird mir schlagartig etwas bewusst. Meine gesamte Familie, mit mir als einzige Ausnahme, wurde ausgelöscht. Ich werde nie wieder die Gelegenheit haben, mich mit ihnen zu unterhalten. Mit ihnen zu lachen. Ja, selbst das Streiten wird mir nie wieder möglich sein. Anstatt in Tränen auszubrechen – ob vor Wut, Trauer oder beidem –, sitze ich einfach nur da und starre vor mich hin. Komischerweise fühle ich absolut gar nichts. Als wäre jedes Fünkchen Emotion, das sich jemals in mir befunden hat, mit ihnen gestorben.

26.

Was war zuerst da, die Henne oder das Ei? Oder, um einen treffenderen Vergleich zu nehmen, war der Schmerz zuerst da oder der Mensch, der zum ersten Mal in der Geschichte der Menschheit einem anderen Schmerz zugefügt hat? Wenn es der Schmerz war, wo kam dieser her? Was hat ihn verursacht? Und für den Fall, dass der Mensch zuerst da war, was hat ihn dazu bewogen, einen anderen zu verletzen? Was muss in jemandem vorgehen, damit er beschließt, einem alles zu nehmen, was man hat? Was man liebt? Wofür es sich zu leben lohnt? Keine Ahnung, wie oft ich schon über beide Szenarien nachgedacht habe. Und mit Sicherheit bin ich da auch nicht die Einzige. Sind wir mal ganz ehrlich. Wen interessiert es, ob das Ei oder die Henne zuerst da war? Sie sind beide da und das passt schon irgendwie. Sie sind aneinander gebunden. Ohne das eine gibt es das andere nicht. Am Ende entsteht etwas Neues, etwas Gutes. Aber bei der Sache mit dem Menschen und dem Schmerz – wem sind Schmerz, Leid, Missgunst, all die negativen Sachen, die auf der Welt existieren, wem sind die zu irgendetwas nutze? Klar, kurzfristig mag es dem ein oder anderen sinnvoll erscheinen, aber was hat man auf lange Sicht davon? Und alles, was es mit sich bringt, ist noch mehr Leid, noch mehr Schmerz und noch mehr Missgunst. Alles, was wir davon haben, ist die ständige Multiplikation des Schlechten. Und das Ergebnis des Ganzen? Zerstörte Existenzen, kaputte Psychen, ausgelöschte Familien.

27.

„Tick, tack. Tick, tack." Es ist kein wirkliches Geräusch, aber dennoch bilde ich mir ein, das Ticken einer Uhr zu hören. In meinem Kopf, in meinem ganzen Körper ist es so leer, so unheimlich ruhig, dass ich tatsächlich schon anfange, mir Geräusche einzubilden. Zwischendurch kommt mir der makabre Gedanke, dass es sich dabei ja um meine innere Uhr handeln könnte, die langsam abläuft. Quietschend öffnet sich die Tür zu unserem Verlies, was mich aus meiner Leere reißt. Mike tritt ein und schlagartig ist das Ticken in meinem Inneren komplett verstummt. Er hat sich zurechtgemacht. Er trägt ein schwarzes Button-down-Hemd und hat die Ärmel bis zum Ellenbogen hochgekrempelt. Dazu eine schlichte schwarze Jeans und ... sind das Anzugsschuhe, die er da trägt. „Hast du heute etwa noch was vor?", kann ich mir einen sarkastischen Kommentar nicht verkneifen, bereue es aber in der Sekunde, in der er seine Aufmerksamkeit mir zuwendet. Lässig kommt er auf mich zugeschlendert und streicht mir mit seinem Zeigefinger über die Unterlippe. Instinktiv zucke ich nach hinten, um mich seiner Berührung, so gut es geht, zu entziehen. Anstatt verärgert zu reagieren, wie es sonst seine Art ist, wenn ich versuche ihm auszuweichen, scheint er amüsiert. „Nicht mehr lange, mein Liebling, dann wirst du es verstehen. Wir stehen kurz vor der Vollendung des Ganzen und dann können wir endlich so zusammen sein, wie es für uns vorgesehen ist", sagt er, streicht mir über meine entblößte Schulter und wendet sich von mir ab. Langsam geht er auf Sarah zu. Auf seinem Weg zieht er ein Messer aus seiner hinteren Hosentasche. Als Sarah das Messer erblickt, weiten sich ihre Augen vor Schreck. Für einen Moment sieht es aus, als würden sie ihr gleich aus dem Kopf springen. Sie beginnt, panisch zu atmen, das kann ich daran erkennen, wie schnell sich plötzlich ihre Brust hebt und senkt. „Beruhig dich, Sarah, bald ist es vorbei", sagt er in einem fast liebevollen Ton zu ihr. Und auf einmal ist mir klar, was ich tun muss. „Lass es mich machen", stoße ich mit zittriger Stimme hervor. Verwirrt dreht Mike sich zu mir um, während Sarahs Blick immer wieder von ihm zu mir und wieder zurück wandert. „Was sagst du da?", die Verwirrung ist ihm deutlich anzuhören. Jetzt oder nie, Vic. „Lass mich Sarah töten", sage ich und bin erstaunt, wie fest und ruhig meine Stimme auf einmal klingt. Mike legt seinen Kopf schief und mustert mich interessiert. Als er nichts sagt, ergreife ich das Wort wieder. „Ja, lass mich sie töten. Vielleicht verstehe ich es dann. Vielleicht muss ich meinen Teil dazu beitragen, damit ich verstehen kann, was du bereit warst, für mich – für uns – zu opfern", sage ich und obwohl es mir eiskalt den Rücken runterläuft, halte ich seinen Blick fest. Noch scheint er nicht ganz überzeugt. „Und schließlich bin ich nur ihretwegen hier. Sie verdient das." Und damit habe ich ihn. Er steckt das Messer wieder zurück in seine Tasche und kommt zu mir, nimmt mein Gesicht in seine Hände und drückt mir einen schmerzhaft festen Kuss auf die Lippen. „Endlich begreifst du. In der Liebe gilt es, Opfer zu bringen. Sarah wird dein sein", flüstert er mir zu und schaut mir dabei tief in die Augen. Ich hoffe, mein Blick verrät nicht zu deutlich, wie sehr mich das alles anwidert. Mit ein paar schnellen, geübten Griffen hat er die Fesseln sowohl an meinen Fuß- als auch an meinen Handgelenken gelöst. Vorsichtig erhebe ich mich und sacke augenblicklich zusammen. Mike ist sofort an meiner Seite und stützt mich. Ich weiß nicht, wie lange ich hier schon sitze, aber meine Beine müssen sich offenbar erst wieder daran gewöhnen, mein ganzes Gewicht zu tragen. So sehr ich es hasse, ohne seine Unterstützung könnte ich mich Sarah nicht nähern. Bis wir vor ihr stehen, keuche ich vor Anstrengung. Dann reicht mir Mike in einer nahezu zeremoniellen Geste das Messer. Zittrig nehme ich es entgegen und schließe meine Hand mit aller Kraft, die ich aufbringen kann, darum. Zu allem entschlossen, schaue ich Sarah direkt in die Augen. Eine Chance. Ich habe nur diese eine Chance. Mike steht so nahe bei mir, dass ich seinen Körper an meinem spüren kann. Für eine Sekunde schließe ich die Augen und starre Sarah dann an. In meinen Blick lege ich alles, was mir gerade durch den Kopf geht, all die Wahrheiten, die ich ganz langsam begreife. Ich verzeihe dir, Sarah. Das hier ist nicht deine Schuld. Ich versuche, uns hier rauszubringen. Niemand verdient irgendetwas von den Dingen, die hier geschehen sind. Ich nehme einen letzten tiefen Atemzug, hebe den rechten Arm, und drehe mich, so schnell ich kann, zu Mike um. Gerade als mein Arm auf ihn hinabrast, wird meine Bewegung durch etwas Hartes gestoppt. Wütend und schockiert starre ich auf Mikes Faust, die sich wie ein Schraubstock um mein Gelenk geschlossen hat. „Ich hätte es wissen müssen. Du bist noch nicht bereit, etwas für die Liebe zu opfern", brüllt er mich an. Mittlerweile quetscht er mein Gelenk so fest, dass sich meine Hand reflexartig öffnet und das Messer klappernd auf den Boden fällt. Ich versuche, mich zu wehren, kann mich ohne seine Hilfe aber kaum auf den Beinen halten. Kopfschüttelnd packt er mich an der Kehle, drückt mich gegen die Wand und sein Gesicht verzieht sich zu einer wütenden Fratze. Und bevor ich noch irgendetwas sagen oder tun kann, hat er meinen Kopf mit solcher Wucht gegen den harten Stein geschlagen, dass ich augenblicklich das Bewusstsein verliere.

28.

„Isst du das noch?", höre ich eine vertraute Stimme fragen. Ich bin verwirrt. Wo bin ich? Mein Blick gleitet durch das Zimmer und ich stelle fest, dass ich mich in meinem Wohnzimmer befinde. Oder doch nicht? Ich meine, das Zimmer erkenne ich sofort, mit den unzähligen Bilderrahmen an der Wand, die allesamt mit Fotos von meiner Familie, Sarah und mir gefüllt sind. Aber die Einrichtung ist definitiv nicht meine. Die Möbel sind viel zu bunt und passen überhaupt nicht zusammen. Eine große altmodische Standuhr steht in der einen Ecke des Raums. Schränke und Regale in unterschiedlichen Farben – rot, gelb, blau, grün – und mittendrin steht ein lilafarbenes Ungetüm von einem Sofa, auf dem ich sitze. Vor mir steht ein Couchtisch in Form eines viel zu großen, kitschig rosafarbenen Herzens. Auf diesem Tisch erkenne ich teils leere, teils halbvolle Pizzakartons. Ich kann zwei leere und eine halbvolle Weinflasche sehen. Und mitten auf dem Tisch stehen zwei gut gefüllte Gläser. „Hallo? Erde an Vic", höre ich wieder diese vertraute Stimme und drehe mich in die Richtung, aus der sie kommt. Vor mir sitzt Sarah und wedelt mit einem Stück Pizza vor meiner Nase herum. Sarah? Bedeutet das …, dass er sie auch getötet hat? „Dein Schweigen interpretiere ich mal als Nein", sagt sie, grinst mich schelmisch an und nimmt einen großen Bissen. Ich starre sie an. Ich starre sie einfach nur an, weil ich nicht glauben kann, dass sie vor mir sitzt. Das scheint ihr auch aufzufallen. Denn kaum hat sie den Bissen hinuntergeschluckt, sagt sie zu mir: „Was? Noch nie einen Geist gesehen? Komm schon, Vic. Du wolltest mich doch sehen. Also hör auf, mich anzustarren, als sollte ich nicht hier sein." Sie klingt beinahe verletzt. Ich räuspere mich, bevor ich spreche: „Ich wollte, dass du hier bist? Bist du … bist du tot?", frage ich und versuche gar nicht erst, meine Verwirrung zu verbergen. Ich gebe mir Mühe, den Kloß in meinem Hals hinunterzuwürgen. „Ja, das bin ich. Du hast das Bewusstsein verloren, als er deinen Kopf gegen die Wand geschlagen hat. Du hast es zwar nicht laut ausgesprochen, dass du mich hier, bei dir haben willst, aber manchmal sendet unser Unterbewusstsein Signale, die wir nicht erfassen können." Traurig sieht sie mich an. Kann das wahr sein? Kann es sein, dass mein Unterbewusstsein tatsächlich dafür gesorgt hat, dass Sarah und ich ein letztes Mal zusammen sein können? Bei meiner Familie, muss das genauso gelaufen sein. Ich kann mich nicht erinnern, dass ich sie bewusst gerufen habe. Nachdem ich weiterhin nur still dasitze und vor mich hin schaue, steht Sarah mit einem langen Seufzer auf. „Ich muss nicht hier sein, wenn du das nicht willst. Ich habe nur gehofft, dass ich mich von dir verabschieden kann." Mit einem letzten traurigen Blick dreht sie sich um und beginnt, immer undeutlicher zu werden. „Warte!", schreie ich ihr hinterher. Augenblicklich wird sie wieder deutlicher sichtbar und dreht sich zu mir. „Ich will nicht, dass du gehst. Das ist nur alles ziemlich viel für mich. Ich meine ... du bist tot. Und trotzdem stehst du hier vor mir. Isst Pizza und trinkst Wein. Wie kann ich mir sicher sein, dass ich nicht einfach langsam den Verstand verliere?" Panik schleicht sich in meine Stimme. Mit einem sanften Lächeln kommt sie zu mir herüber und setzt sich wieder neben mich auf das Sofa. „Glaube mir, Vic, es wäre mir viel lieber, wenn du einfach nur irre wärst", entschuldigend lächelt sie mich an, bevor sie fortfährt, „aber mit deinem Verstand ist alles in Ordnung. Mike hat all diese Dinge wirklich getan. Und es tut mir so leid, dass ich ihm dabei geholfen habe. Ich hätte von Anfang an einfach ehrlich zu dir sein müssen. Als du mir das erste Mal von ihm erzählt und mir sein Online-Profil gezeigt hast, da hätte ich dir einfach von meiner Vergangenheit mit ihm erzählen müssen. Ich weiß auch nicht, warum ich das nicht getan habe. Ich schätze, ich war zu stolz und es war mir einfach peinlich, dass mir so etwas passiert ist. Dass ich gar nicht mitbekommen habe, wie er uns beim Sex gefilmt hat und dass ich dann zugelassen habe, dass er mich damit erpresst." Tränen laufen ihr bei den letzten Worten die Wangen hinunter. Ich möchte gerade etwas sagen, als sie mir bedeutet, still zu sein. „Wenn ich könnte, würde ich das alles rückgängig machen. Ich hätte wissen müssen, dass er irgendwas im Schilde führt. Dass er nicht nur mit dir reden will. Aber ich war so in meiner absurden Angst gefangen, mein Gesicht, ja, meinen Ruf zu verlieren, dass ich gar nicht zugelassen habe, dass mir die Wahrheit bewusst wird. Und trotz allem hast du versucht, mir da rauszuhelfen. Ich hatte vielleicht Angst, dass du das ernst meinst und mich wirklich töten würdest. Aber wie immer konnte ich mich auf dich verlassen. Du hast immer schon alles in deiner Macht Stehende getan, um die zu beschützen, die du liebst. Und das selbst noch, als du, durch meine Dummheit, alles verloren hattest. Es tut mir so leid, Vic." Jetzt brechen die Tränen unkontrolliert aus ihr heraus. Ohne zu überlegen, nehme ich sie in den Arm und halte sie, bis die Schluchzer irgendwann weniger werden. „Sarah, sieh mich an." Ich drücke sie an ihren Schultern ein kleines Stück von mir weg. Gerade so, dass wir uns ansehen können. „Ja, du hättest mit mir reden müssen. Aber ich bin mir nicht sicher, ob ich dir damals überhaupt geglaubt hätte. Ich war von der ersten Sekunde an so verblendet. Ich mache dir keinen Vorwurf wegen der Dinge, die hier passiert sind." Und in der Sekunde, in der ich es ausspreche, weiß ich, dass ich es auch so meine. Klar hat sie Mist gebaut, aber wer hätte auch nur im Entferntesten erahnen können, was Mike mit mir und meiner Familie vorhatte? Nun ist sie diejenige, die mich verwirrt ansieht. „Was du im THE COZY CAT getan hast, war falsch. Aber das weißt du längst. Niemand hätte wissen können, was er vorhat. Wie hätten wir auch nur erahnen sollen, dass er so krank handeln würde?" Erneut wird ihr Körper von heftigen Schluchzern geschüttelt. Ich ziehe sie wieder an mich und fange selbst an zu weinen. Ich weiß nicht, wie lange wir so dasitzen. Aneinandergekuschelt, beruhigen wir uns irgendwann wieder, sitzen einfach nur da und genießen die Anwesenheit des anderen. Irgendwann fängt die Standuhr an zu schlagen. Ich zähle zwölf Schläge, bis es im Raum wieder ganz still wird. Aber nicht lange. Sarah richtet sich auf, sieht mich an und sagt: „Schätze, es ist Zeit zu gehen. Ich hab dich lieb, Vic. Und hier drin", sie zeigt auf die Stelle, an der sich mein Herz befindet, „werde ich immer bei dir sein. Egal, was passiert." Voller Verzweiflung ziehe ich sie in meine Arme. Ich will nicht, dass sie weggeht. Am liebsten würde ich für immer hierbleiben. Sie erwidert die Umarmung mit derselben Verzweiflung. „Ich hab dich auch lieb, Sarah", ist das Letzte, was ich zu ihr sage, bevor sie sich in meinen Armen auflöst.

29.

Benommen komme ich wieder zu mir und das Einzige, das ich fühle, ist ein stechender Schmerz in meinem Kopf. Ich liege auf dem steinernen Boden, der sich an meiner Haut rau und eiskalt anfühlt. Zögernd hebe ich die Hand und betaste meinen Hinterkopf. Meine Finger treffen auf etwas Klebriges und als ich sie wieder zurückziehe, sehe ich Blut. „Das tut mir leid", höre ich eine Stimme rechts neben mir. Erschrocken drehe ich den Kopf in die Richtung, aus der die Stimme kommt. Keine gute Idee, die Drehung verursacht ein kurzes noch heftigeres Stechen im Kopf. Mike liegt, auf die Seite gedreht, neben mir. Ich schaue an uns hinunter und stelle fest, dass er seinen Arm um meine Taille geschlungen hat. Zu schwach und benommen, um mich von ihm wegzuziehen, gleitet mein Blick zur Wand. Außer den Fesseln, die leer und schwer von der Wand hängen, ist dort nichts mehr zu sehen. Sarah ist verschwunden. „Wo ist Sarah?", bringe ich mit kratziger Stimme hervor. „Sie ist weg. Jetzt können wir endlich zusammen sein", sagt er verträumt und streicht mit seiner Nase sanft über meine Wange. Als mir die Bedeutung seiner Worte bewusst wird, verfalle ich in einen Schock und versteife mich am ganzen Körper. Ich habe es nicht geschafft. Ich habe die einzige Chance, zumindest Sarah und mich zu retten, nicht genutzt. Die Gelegenheit zu rächen, was mit meiner Familie passiert ist. Ich kann fühlen, wie sich Tränen in meinen Augen bilden und mir seitlich die Wangen hinunterlaufen. „Ich weiß, dass ist alles so überwältigend. Aber höre bitte auf zu weinen, das würde diesen besonderen Moment zerstören", sagt Mike in einem mühsam beherrschten Ton und wischt mir die Tränen weg. In der nächsten Sekunde ist er auch schon über mir und beginnt, mein Gesicht und meinen Hals mit Küssen zu übersäen. Ich weiß nicht, wieso, aber es scheint, als hätten mein Körper und mein Geist aufgegeben. Obwohl ich weiß, dass es richtig wäre, mich zu wehren – egal, welche Konsequenzen das mit sich bringen würde –, tue ich es nicht. Ich liege einfach nur da und ertrage die Berührungen des Menschen, den ich am meisten hasse. Ich höre, wie er den Gürtel seiner Hose öffnet und mit seinem Knie meine Beine auseinanderzwingt. Plötzlich fühlt es sich an, als wäre ich gar nicht mehr in meinem Körper. Ich schaue von oben auf mich hinunter und sehe, wie Mike mich angrinst. „Er hat gewonnen", schießt es mir durch den Kopf. Während Mike so hart in mich eindringt, dass es mir körperliche Schmerzen bereitet, erscheint ein Bild vor meinem inneren Auge. Ich sehe mich, wie ich Mike töte. Wie ich ihn mit meinen Händen so lange würge, bis ich sehen kann, dass das Leben seinen Körper verlässt. Ich hebe meine Arme, diese fühlen sich so schwach an, dass ich mir nicht vorstellen kann, ihn zu erwürgen. Aber da kommt mir eine andere Idee. Das Messer! Ich lege meine Arme auf seinen Rücken und fahre langsam zu seinen hinteren Hosentaschen hinunter. Und tatsächlich, da ist es. Das Messer, mit dem er so viele Leben genommen hat. Ich greife in die Tasche und umschließe den Griff. Mike ist so in seiner Lust gefangen, dass er nicht bemerkt, was ich tue. Dieses Mal zögere ich nicht. Sobald ich das Messer aus der Tasche herausgezogen habe, stoße ich es ihm, mit der letzten Kraft, die ich aufbringen kann, seitlich in den Hals und ziehe es schnell wieder heraus. Das Blut schießt aus der Wunde und bedeckt mein Gesicht. Aber das ist mir egal. Ich starre ihm die ganze Zeit über in die Augen. Zuerst ist da Verwirrung. Dann wird diese abgelöst durch eine Mischung aus Schock und Wut, als ihm bewusst wird, was ich gerade getan habe. Er versucht, etwas zu sagen. Aber außer einem Röcheln bringt er nichts hervor. Und ich kann dabei zusehen – es dauert, länger, als ich dachte –,, wie es mit ihm zu Ende geht. Seine eben noch triumphal leuchtenden Augen verlieren von Sekunde zu Sekunde an Glanz, bis sie nur noch trübe und leer vor sich hinstarren. Als er tot ist, sackt sein Körper auf mir zusammen. Er ist so schwer, dass es mir kurz den Atem raubt. Dann erwacht mein Geist wieder zum Leben und ich schiebe ihn von mir runter. Auf allen vieren krieche ich rückwärts von ihm weg und drücke mich mit dem Rücken gegen die Wand. Er ist tot. Mike ist tot. Ich bin so von Gefühlen überwältigt, dass ich einfach nur dasitze. Mit angezogenen Knien, die Arme darumgeschlungen, sitze ich da und fange an, hemmungslos zu weinen.

30.

Nach einer Weile, nachdem ich mich ausgeweint habe, will ich einfach nur noch raus. Mein Blick fällt auf die Tür. Ich erhebe mich unsicher und wanke darauf zu. Ängstlich, als könnte sie explodieren, wenn ich sie berühre, schließe ich meine Finger um die Türklinke und drücke sie nach unten. Doch nichts passiert. Ich kann mir das nicht erklären. Mike hat die Türe zwar immer zugezogen, aber ich kann mich nicht daran erinnern, wann er diese wirklich abgeschlossen hatte. Ich drohe, in Panik zu verfallen, als mein Blick auf den toten Körper vor mir trifft. „Er muss ihn irgendwo bei sich tragen", schießt es mir durch den Kopf. Ich knie mich vor ihn und schaue in beiden hinteren Hosentaschen nach, ohne Erfolg. Nervös nage ich an meinen Fingernägeln, als mir bewusst wird, dass ich ihn umdrehen muss, um vorne in den Taschen nachsehen zu können. „Ich krieg das hin", sage ich mir immer wieder. Wie ein Mantra wiederhole ich die Worte. Ich greife ihn, eine Hand an der Schulter und eine an der Hüfte, und drehe ihn auf die andere Seite. Mikes Augen sind weit aufgerissen und starren leer vor sich hin. Die Wunde ist bereits ein wenig getrocknet. Bei dem Anblick muss ich mich übergeben. Da mein Magen weitgehend leer ist, erbreche ich nur etwas Magensäure, gefolgt von heftigen Krämpfen, die mir die Tränen in die Augen schießen lassen. Es kostet mich viel Überwindung, aber ich muss das tun. Sonst komme ich hier niemals raus. Ich atme ein paar Mal tief durch und drehe mich wieder zum ihm. Seine Hose ist noch immer heruntergelassen. Von außen taste ich die beiden Taschen ab und tatsächlich, in der linken Tasche kann ich einen Schlüsselbund ertasten. Ich ziehe ihn heraus und gehe wieder zurück zu der Tür. Es hängen vier Schlüssel an dem Bund, die, auf den ersten Blick, alle identisch aussehen. Ich stecke den ersten ins Schloss. Dieser lässt sich aber nicht drehen. Ich versuche die anderen. Beim dritten höre ich endlich das erhoffte Klicken und kann die Tür öffnen. Vor mir sehe ich einen kurzen Gang. Links und gegenüber sind weitere Türen in die Wände eingelassen. Ich lausche angestrengt. Vielleicht gibt mir etwas hinter den Türen einen Hinweis darauf, welche nach draußen führt. Aber nichts, es ist alles totenstill. Ich beschließe, mein Glück bei der gegenüberliegenden Tür zu versuchen. Auch hier dauert es einen Moment, bis ich den richtigen Schlüssel gefunden habe. Als die Tür sich öffnet, zögere ich einen Moment. Sollte ich es wirklich geschafft haben?

31.

Mit angehaltenem Atem betrete ich den Raum und werde von einer Welle der Enttäuschung überschwemmt. Vor mir erstreckt sich ein grauer, unscheinbarer Raum. Direkt vor mir, nahezu mitten im Raum, steht ein hölzernes Regal, auf dem viele Wasserflaschen aufgereiht sind. Gierig stürze ich mich darauf und leere eine Flasche in wenigen Sekunden komplett. Ich kann förmlich spüren, wie mein Körper die benötigte Flüssigkeit aufsaugt. Während ich im Begriff bin, mir eine zweite Flasche zu schnappen, fällt mein Blick auf einen Schatten, den ich hinter dem Regal sehen kann. Neugier und Angst kämpfen miteinander. Soll ich nachsehen, was dort ist? Möchte ich wirklich wissen, was da ist? Am Ende gewinnt die Neugier. Langsam gehe ich um das Regal herum und erstarre augenblicklich. Vor mir sehe ich meine Liebsten. In der Reihenfolge, in der sie aus dem Raum hinausgebracht worden sind, liegen sie nebeneinander. Bleich, nackt, geschunden. Sofort verabschiedet mein Körper sich wieder von dem eben erst zugeführten Wasser, denn ich muss mich wieder erbrechen. Als es vorüber ist, gehe ich auf meine Familie zu und knie mich hin. Minutenlang mustere ich jeden Einzelnen von ihnen. Versuche mir ins Gedächtnis zu rufen, wie fröhlich, unbeschwert und einfach glücklich sie einmal waren. „Es tut mir so leid", sage ich mit brechender Stimme und kann nicht anders als schon wieder zu weinen. Als Letztes gleitet mein Blick zu Sarah. Ich sehe vereinzelte Stichwunden an ihrem Körper, speziell am Bauch. Auf ihrem Hals ist ein dicker, blutiger Schnitt zu sehen. Ich gehe zu ihr hinüber, nehme ihre Hand in meine und schreie. Wut, Trauer, Verzweiflung – alles entlädt sich in diesem einen Schrei. Ich möchte hier, bei ihnen, bleiben. Ich will, dass das alles nur ein böser Traum ist. Dass ich gleich aufwache und dass alles nicht wahr ist. Aber irgendwann schafft es die Vernunft, sich an die Oberfläche zu kämpfen und zwingt mich auf die Beine. Zwingt mich, meine Familie hinter mir zu lassen. Ich erinnere mich an eine Szene aus einem Traum, den ich hier unten hatte. „Vic ist die Einzige, die es hier rausschaffen kann", höre ich Sven in meinen Gedanken sagen. Ein letztes Mal beuge ich mich zu ihnen hinunter und gebe jedem Einzelnen einen Kuss auf die Stirn. Dann drehe ich mich ohne einen weiteren Blick um und verlasse den Raum. Wieder zurück in dem Gang, gehe ich nun direkt auf die seitlich eingelassene Tür zu. Als wolle mir das Schicksal zeigen, dass ich hier richtig bin, finde ich gleich beim ersten Versuch den richtigen Schlüssel. Hinter dieser Tür befindet sich eine spärlich beleuchtete Treppe, die nach oben führt. In meinem Körper tobt mittlerweile so viel Adrenalin, dass ich beinahe hochrenne. Oben angekommen, stehe ich vor einer weiteren Tür. Ich kann sehen, wie helles Licht unter ihr hindurchfällt. Auch hier finde ich auf Anhieb den richtigen Schlüssel. Mit einem letzten tiefen Atemzug reiße ich die Tür auf.

32.

Für einen kurzen Moment meine ich zu träumen. Tageslicht! Ich habe es aus der Höhle – meiner persönlichen Hölle – geschafft und stehe inmitten eines Waldes. Die frische Luft, der Duft des Waldes, die Helligkeit der Sonne – meine Sinne sind absolut überfordert. Ich sinke auf die Knie, kralle meine Hände in die kühle, feuchte Erde. Mir laufen Tränen der Erleichterung über die Wangen. Ich weine so hemmungslos wie noch nie zuvor in meinem Leben. Und in Anbetracht der letzten Tage, Wochen, keine Ahnung, wie lange, mag das was heißen. Gierig sauge ich den Sauerstoff ein, erst jetzt wird mir bewusst wie knapp die Luft dort unten war. Während ich meine Lungen fülle, spüre ich ein Stechen in der Seite. Auch der Schmerz in meinem Kopf wird von Sekunde zu Sekunde wieder schlimmer. Das Adrenalin scheint komplett verflogen. Ich möchte aufstehen und Hilfe holen. Irgendwie auf mich aufmerksam machen. Doch die Strapazen der letzten Wochen fordern ihren Tribut. Meine Beine knicken beim Aufstehen weg und ich stürze. Wieder und wieder versuche ich, mich aufzustützen, aufzustehen. Es gelingt mir nicht. Ich merke, wie meine Verzweiflung überhandnimmt, kann mich aber nicht dagegen wehren. Ich weiß nicht, wie lange ich dort liege. Es fühlt sich an wie eine Ewigkeit. Mir ist kalt, ich zittere und merke, wie mein Körper immer schwächer wird. Für eine kurze Zeit muss ich das Bewusstsein verloren haben, denn als ich die Augen öffne, ist es mit einem Mal dunkel. Ich bin benommen und schmerzerfüllt. „Das ist das Ende", denke ich. Ich bin mir dessen sogar sicher. Ich wehre mich nicht weiter gegen die immer größer werdende Dunkelheit. Mein einziger Trost ist es, dass ich schon sehr bald meine Familie wiedersehen werde. Während ich dort liege und auf die Dunkelheit warte, vernehme ich rechts von mir ein schwaches Rascheln im Gebüsch, welches näher kommt. Doch noch bevor ich den Kopf drehen und die Augen öffnen kann, hat die Dunkelheit mich endgültig zurück.

33.

Ich habe es geschafft. Ich habe es tatsächlich aus der Hölle herausgeschafft. Aber freue ich mich darüber? Woher zum Teufel soll ich das wissen? Ich meine, ja, ich bin noch am Leben. Aber ich werde für den Rest dieses Lebens damit klarkommen müssen, dass ich niemanden retten konnte. Das meine gesamte Familie ausgelöscht wurde. Und obwohl es der einzige Weg war, da rauszukommen, habe ich einen Menschen getötet. Wie soll man mit all dem klarkommen? Jetzt liege ich hier im Wald. Ganz allein. Wird man mich finden? Oder habe ich es nur da rausgeschafft, um jetzt hier ganz allein und im Nirgendwo zu sterben?

ENDE

Die Autorin

Michelle Racine, Jahrgang 1994, lebt in Mannheim.
Sie ist pharmazeutisch-kaufmännische Angestellte
und arbeitet bei einem Direktvertrieb für Pflege-
und Hilfsmittel.

In ihrer Kindheit ging es zu Hause lebhaft zu:
Michelle ist die Schwester von zwei älteren und
zwei jüngeren Brüdern. Schon als kleines Mädchen
liest sie gerne und viel, erzählt Geschichten und
schreibt sie auf. Mit „Obsessed" legt sie nun ihr
erstes Buch vor.

Michelle Racine ist ledig und hat keine Kinder.
Sie liebt es, Zeit mit Familie und Freunden zu
verbringen, zu kochen, zum Eishockey zu gehen
und sich in ein fesselndes Buch zu vertiefen.

Der Verlag

Wer aufhört besser zu werden, hat aufgehört gut zu sein!

Basierend auf diesem Motto ist es dem novum Verlag ein Anliegen, neue Manuskripte aufzuspüren, zu veröffentlichen und deren Autoren langfristig zu fördern. Mittlerweile gilt der 1997 gegründete und mehrfach prämierte Verlag als Spezialist für Neuautoren in Deutschland, Österreich und der Schweiz.

Für jedes neue Manuskript wird innerhalb weniger Wochen eine kostenfreie, unverbindliche Lektorats-Prüfung erstellt.

Weitere Informationen zum Verlag und seinen Büchern finden Sie im Internet unter:

w w w . n o v u m v e r l a g . c o m